ANTJE FRIES

EISFRAUEN

Kommissarin Mettenheimer friert im Hochsommer

LEINPFAD
VERLAG

Die Handlung und alle Personen sind völlig frei erfunden; Ähnlichkeiten wären rein zufällig.

Umschlag: kosa-design, Ingelheim
Lektorat: Angelika Schulz-Parthu, Ingelheim
Layout: Leinpfad Verlag, Ingelheim
Druck: wolf print, Ingelheim

Leinpfad Verlag, Leinpfad 5, 55218 Ingelheim,
Tel. 06132/8369, Fax: 896951
E-Mail: info@leinpfadverlag.de
www.leinpfadverlag.com

ISBN 978-3-945782-24-8

Die Personen:

KOK Anne Mettenheimer
KHK Norbert Olmer *ihr Chef*
KK Rolf Iben *vermisst seinen Kollegen, denn ...*
KK Dieter Wiesen … *ist diesmal nämlich in Kur*
KOK Matthes Horrweiler *Kriminaltechniker*
Martin Sommer *Leiter der Wormser Kriminalinspektion*
Dr. Amelie Liebreich *Staatsanwältin*
Dr. Wolfram Kippenberg *Rechtsmediziner*
Emma und Lukas *Annes Kinder, Zwillinge, neun Jahre alt*
Käthe und Hermann Mettenheimer *Annes Eltern*
Henning Selzer *obdachloser Notarzt*
Dr. Carsten Bamberger *Pathologe*
Sonja Drais: *Psychologin, Annes Freundin*
Sämtliche Personen sind frei erfunden. Ganz sicher!

Die Zeit:

Sommer 2016

Dank:

Dr. med. Stefan A. Lange, Chefarzt der Kardiologie in Goslar, erwähnte vor Jahren bei einer weinhaltigen Diskussion in einer Osthofener Straußwirtschaft als perfekte Mordmethode die in diesem Roman beschriebene. Danke, Stefan, für die Mordsidee und das Beharren darauf, dass daraus mehr werden müsse als nur ein Kurzkrimi!
Tausend Dank auch an Prof. Dr. Thomas Vilgis vom Max-Planck-Institut für Polymerforschung in Mainz für kryotechnische Beratung, amüsante Mailerei und medizinisches Lektorat.

Prolog

Er blickte auf die Schlafende herab. Es war ihm vorher nicht aufgefallen, dass sich an ihren Schläfen winzige Löckchen zu kringeln begannen, wenn die Haare feucht wurden. Wie im Genick, wo sie bis eben noch im warmen Wasser gehangen hatten. Oder dass ihre Hände nach dem Bad all ihre jugendliche Straffheit eingebüßt hatten und schrumplig auf dem Wannenrand lagen.

Er stellte fest, wie oberflächlich er sie bisher wahrgenommen hatte: Ihre dunkelbraunen Augen hatten ihn fasziniert, auch die langen Wimpern. Die schlanke und wohlproportionierte Gestalt war ihm gleich aufgefallen.

Und nun lag sie hier, noch ausdünstend vom heißen Wasser, das längst abgeflossen war.

Sie war wie alle. Sie hatte Sex gewollt, sonst nichts. Über seine romantische Art hatte sie sich lustig gemacht. So ging das einfach nicht!

Sie bekam ein neues Bad, das dampfte wie in einer Hexenküche. Eigentlich sollte er ein Foto von der Szene machen, denn es war wunderbar!

Später schlug er sie. Es war das erste Mal, dass er eine Frau schlug.

Athenet: Luma, Sie haben eine neue Nachricht!
Django25: Hi, Luma, deine Ich-Seite spricht mich an. Wir haben total viele gemeinsame personal points! Ich würde dich gern kennenlernen. Gruß Django25

Anne Mettenheimer saß vor ihrem Laptop und seufzte. In den letzten Wochen hatte sie Dutzende solcher Nachrichten erhalten. Manchmal hatte sie darauf geantwortet, weil die „Ich-Seite" des Schreibers ihr interessant erschienen war. Gelegentlich hatte sich dann ein Mailkontakt ergeben, in dem man sich über die „personal points" ausgetauscht hatte: Alle Dinge, die in den Rubriken „leisure", „career" und „emotions" eines jeden Suchenden angegeben waren, konnten ja schließlich erstmal besprochen werden, bevor es ernst werden musste. Ernst war es für Anne erst zweimal geworden, als sie sich mit Männern getroffen hatte, die sie über *Athenet* kennengelernt hatte. Der eine war deutlich kleiner und dicker gewesen, als er im Internet angegeben hatte, der andere, ein großer und schlanker Mann, der laut Ich-Seite großen Wert auf Ehrlichkeit legte, hatte ihr nach dem ersten Bier ganz klar gesagt, dass er große Frauen zwar sexy finde, Anne aber deutlich zu wenig Busen hätte. Damit war das geklärt gewesen und es kam nicht mehr zu einem zweiten Bier.

Im Prinzip fand Anne diese Art der Partnersuche sowieso bescheuert, aber praktisch war sie schon: Wie sollte sie als alleinerziehende Mutter mit Vollzeit-Job und dreistelligem Überstundenkonto denn sonst an einen neuen Mann kommen? Da blieben höchstens die ewig gleichen Trinker aus der *Traube*, ihrer Lieblingskneipe.

Also hatte Anne sich eines Tages von ihrer Freundin Sonja überreden lassen. „Guck mich an, das hat doch auch noch geklappt!", hatte sie Anne Mut zu machen versucht. Sonja

Drais war 49 gewesen, als sie den Mann für's Leben gefunden hatte – über *Athenet*, eine Partnerbörse im Internet, die ihrer Meinung nach extrem seriös war.

„Wer sich nach einer griechischen Liebesgöttin benennt und nicht einfach love oder darling oder sowas im Titel führt, der spricht sowieso keinen Fließbandarbeiter an, weißt du!"

„Aha", hatte Anne geantwortet, „aber wenn der Fließbandarbeiter nun der Mann meiner Träume wäre? Dann lerne ich den ja über diese Seite niemals kennen!"

Daraufhin hatte Sonja gekontert, dass man sowieso nie wissen konnte, ob man nun tatsächlich den Mann für's Leben vor sich hatte, weil man die Milliarden anderer schließlich nicht alle testen konnte.

„Aber die Auswahl ist einfach gehobener. Warum in einer Jeans vom Discounter rumlaufen, wenn du für den gleichen Preis die Nobelmarke kriegen kannst?"

„Ach, und sowas sagst du ausgerechnet mir, die sich ja nun wirklich nur mit fadenscheiniger Baumwolle auskennt und eine Edeljeans wahrscheinlich nicht mal als solche identifizieren könnte!"

Daraufhin hatte Sonja mit einem Diskurs über die Korrelation zwischen Bildung, äußerem Erscheinungsbild, Selbstwertgefühl und beruflichem Erfolg begonnen, den Anne erst mit ihrer Kapitulation hatte stoppen können: „Ist ja gut, ich meld' mich da an!"

Ja, und das hatte sie nun davon. Ihre Angaben schienen für zahlreiche Männer interessant zu sein. Wöchentlich kamen mehrere Anfragen, manche mit langen poetischen Ergüssen, andere mit sehr konkreten Nachfragen über das Aussehen unterhalb des ins Netz gestellten Passfotos, wieder andere mit einem oder mehreren Sternen.

Athenet: Luma, Sie haben von PatPat drei von vier möglichen Stars bekommen.

PatPat: career star, photo star, emotion star

Das war dann so zu deuten, dass PatPat sich irgendwie für Anne interessierte und zwar im Besonderen für ihren beruflichen Hintergrund, ihr Aussehen und die Dinge, die im weitesten Sinne ihre Lebensphilosophie beschrieben. Aha, für die Sparte „leisure“ hatte es also keinen Stern gegeben. Mit ihren Freizeitbeschäftigungen konnte PatPat wohl nichts anfangen. Schade, aber dann konnte sie diesen Typen gleich aussortieren. Unter Vier-Sterne-Männern wollte sie gar nicht erst anfangen. Dazu hatte übrigens auch Sonja geraten: „Hast du gar nicht nötig! Und was willst du mit einem, der toll aussieht, nen prima Job hat, dich auf Händen trägt, aber am Wochenende nie mit euch schwimmen und segeln geht, weil er lieber für seinen Schachclub spielen will, Wasser nicht ausstehen kann und sowieso eine Sonnenallergie hat?“

Dass Sonja Drais, Annes langjährige Freundin und als Psychologin auch gelegentliche Mitarbeiterin, *Athenet* empfohlen hatte, machte die ganze Angelegenheit nicht besser, fand jedoch Annes Mutter. Mama Mettenheimer wähnte in der Hälfte aller Männer Massenmörder, in der anderen Hälfte hoch verschuldete Versager, die nur eine gut verdienende Frau suchten. „Und der Rest will garantiert sowieso nur das Eine!“, hatte sie sich aufgeregt, als Anne irgendwann nicht mehr darum herumkam, zuzugeben, dass sie sich im Internet nach einem neuen Partner umsah.

„Aber Oma, das sind ja mehr als alle!“, hatte ihr mathematisch versierter Enkel Lukas gerufen, während die brennend an Erwachsenen-Themen interessierte Emma wissen wollte, was denn bloß „das Eine“ sei. Papa Mettenheimer hatte breit gegrinst und sich und seiner Tochter Wein nachgeschenkt. Seine Frau wollte ihre Tochter lieber auf dem realen Markt wissen: „Die können dir doch sonstwas vorspielen, diese Männer!“

„Na, aber dafür trifft man sich ja irgendwann, und dann kannst du zumindest nicht mehr vertuschen, wie du aussiehst. Und wenn du dich gut verstehst, geht der Rest doch weiter wie seit Jahrtausenden ohne Internet: Man trifft sich nochmal und lernt sich besser kennen.“

„Trotzdem, das ist irgendwie unnatürlich!“, hatte Mama Mettenheimer geklagt und einen sehr praktischen Vorschlag gemacht: „Der Hans-Jörg vom Metzger, der ist ja jetzt wieder solo. Ihr habt euch doch immer so gut vertragen, dem kann ich ja mal erzählen, dass du zu haben bist.“

Papa Mettenheimers erneutes Grinsen konnten beide Frauen nicht sehen, aber es hätte auch nichts an Annes Reaktion geändert: „Mama, halt dich da raus! Den Hannes kenn ich noch aus dem Sandkasten, was soll ich denn mit dem? Der kann vielleicht ne Sau zerlegen, aber dafür besticht er auch mit der Erotik eines Fleischkäswecks! Seit vier Jahrzehnten willst du mich verkuppeln! Ich schaff das auch alleine!“

„Ha, das sieht man ja!“, hatte ihre Mutter beleidigt geschnaubt, während Emma ihren Opa leise gefragt hatte, was denn Erotik sei. Da war das Grinsen des Familienoberhauptes schlagartig einer tiefen Furche auf der Stirn gewichen und er hatte vorgetäuscht, dringend eine Flasche Wasser aus dem Keller holen zu müssen. So war die Frage unbeantwortet geblieben.

Im Keller hatte Hermann Mettenheimer überlegt, wie schade es sei, dass seine einzige Tochter schon so lange keinen Mann mehr hatte und die Zwillinge ohne Vater aufwuchsen. Seit sechs Jahren mittlerweile. Damals war deren Vater Paul plötzlich für mehrere Tage verschwunden gewesen, dann wieder aufgetaucht und hatte verkündet, er habe sich, wie vor der Zeit mit Anne schon öfter, unsterblich in einen Mann verliebt und werde mit ihm zusammen eine Herrenboutique auf Mallorca eröffnen. Niemand hatte etwas anderes tun können als ratlos zusehen. Leider lief die Boutique wohl nicht so gut wie erwartet, jedenfalls hatte Anne von Anfang an zu beklagen, dass die Unterhaltszahlungen zu gering oder gar nicht eintrafen. Nach der Scheidung hatte er nicht einmal mehr Kontakt zu den Kindern halten wollen. Lediglich in den Sommerferien reisten Emma und Lukas immer für zwei Wochen auf die Baleareninsel. Zwei Wochen, in denen Mama Mettenheimer alljährlich Schlimmstes befürchtete angesichts des Umgangs und der vielen Berichte, die man immer wieder über entführende Väter zu sehen bekäme.

Die Zwillinge waren mittlerweile neun Jahre alt und genossen gerade ausgiebig die erste Ferienwoche nach dem Ende ihres dritten Schuljahres an der Osthofener Seebachschule. Nicht, dass sie unbedingt ihre Lehrerin loswerden wollten, nicht, dass sie so dringend ihre zwei Wochen Spanien herbei sehnten, nein: „Einfach mal chillen, Mama!“, hatte Lukas gesagt. Chillen, aha. Es war soweit. Bislang hatten die Kinder in jeder freien Minute mit Anne schwimmen oder auf dem Eicher See segeln wollen, Emma hatte Tag und Nacht zum Leidwesen der anderen Hausbewohner ihr Schlagzeug traktiert und Lukas hatte hingebungsvoll geflötet, was die Literatur hergab, und nun wollten die Kinder chillen. Wie die Großen. Hermann Mettenheimer hatte den Kopf geschüttelt und gerade wieder nach oben steigen wollen, als ihm eingefallen war, dass er unbedingt noch nach einer Wasserflasche greifen musste, wollte er oben im Kreise seiner Familie nicht der Demenz beschuldigt werden.

Er scrollte in seinem Account nach unten. So hatte alles angefangen und es war gerade erst ein paar Wochen her. Dabei war schon so viel passiert.

Meddoc: Hallo, deine Ich-Seite spricht mich an. Ich will nicht lange schreiben, sondern mich am liebsten gleich mit dir irgendwo treffen. Was hältst du von einem Cocktail und Chillen im Sonnenuntergang?
Biggi73: Hallo Meddoc, das klingt supi. Wann und wo denn? Ich freue mich schon auf dich!
Meddoc: Du wohnst im PLZ-Bereich 67. Wie wäre es in Worms? Morgen um acht in der Strandbar am Rheinufer?
Biggi73: Ja, das ist toll da. Ich kenne das. Du erkennst mich an meiner roten Handtasche und an der Sonnenbrille, die ich mir in den Ausschnitt klemmen werde. Und du?
Meddoc: Ich werde dich erkennen.
Biggi73: Aber wie erkenne ich dich?
Meddoc: Das wirst du schon, ich bin sicher. CU tomorrow!
Biggi73: Keine Rose?
Biggi73: Hallo? Bist du noch da?
Biggi73: O.k., dann bis morgen.

Drei Kontaktanfragen waren allein in den letzten 24 Stunden eingetrudelt, in denen Anne Mettenheimer wegen des realen Lebens nicht dazu gekommen war, sich um ihre Cyber-Männer zu kümmern. Jetzt wurde sie wieder zu Luma. Obwohl sie das ja im realen Leben auch war, die Mutter von Lu-kas und Em-ma. Irgendeinen Namen brauchte man ja im Netz, um nicht gleich erkannt zu werden. Aber was heute angekommen war, ließ sich gleich aussortieren, befand Anne. Wie kamen Männer nur auf solche Namen?

Athenet: Luma, Sie haben drei neue Nachrichten.

CottonEyeJoe: Hey, du, deine Ich-Seite spricht mich an. Würde dich gern näher kennenlernen. Meldest du dich?

Supertyp_123: Habe deine Ich-Seite gecheckt, will mehr von dir wissen. Was verrätst du mir?

MuskelMarc: Deine Ich-Seite ist genau mein Fall. Wir haben fast 80 personal points, wir müssen uns kennenlernen!

Anne schüttelte sich und klickte durch die Seiten mehrerer Männer. Nach welchem Prinzip bekam sie die eigentlich auf den Schirm? Wer oder was traf denn da die Vorauswahl? Ach, egal, es war ja ohnehin nur ein Spiel. So richtig ernst nahm sie die Suche nicht. Sonst hätte sie sich öfter verabredet. Fand zumindest Sonja. Und die musste es wissen, hatte sie selbst sich doch in einem Jahr mit sage und schreibe 17 Männern getroffen, bevor Mr. Right dahergekommen war. Dafür musste Sonja jetzt auch gar nicht mehr surfen: Schon nach ein paar Monaten hatte sie beschlossen, sich sicher zu sein und hatte dem schönen, intelligenten, zärtlichen, reichen, selbstständigen, weitgereisten, toleranten, gebildeten und überhaupt und generell offensichtlich unschlagbaren Felix Gutmann einen Antrag gemacht, den er nicht abgelehnt hatte. Und tatsächlich: Sonja und Felix schienen aufeinander gewartet zu haben und kamen nun schon seit drei Jahren bestens miteinander aus.

„Und so kriegst du das auch hin!", tönten Sonjas Worte immer mal wieder in Annes Erinnerung. Na ja, es musste ja nicht gleich auf dem Standesamt enden, aber irgendein männliches Wesen sollte doch zu finden sein, das mit Annes Leben zwischen Kommissariat und Kinderkram kompatibel war!

„Meine Güte, jetzt müssen wir uns schon mit entlaufenen Frauen befassen, die ein Wochenende mal nicht bei Mutti verbringen wollen!", seufzte Norbert Olmer und lehnte sich in seinem Bürostuhl zurück. Er ordnete die Krawatte (Sonnen und Monde auf blauem Grund) auf seinem seit einigen Jahren deutlich anwachsenden Kugelbauch und strich sich den Seehundsschnäuzer glatt. „Anne würde sagen, wir brauchen endlich wieder einen richtigen Mord."

„Wie lange hat sie denn noch Urlaub?", erkundigte sich Kriminalkommissar Rolf Iben, der mangels eines Kapitaldelikts im Beritt des K1 alte Akten zu einem abgeschlossenen Fall sortierte und sich um die Vollständigkeit von Berichten bemühte, bevor demnächst der Prozess aufgenommen würde.

„Sie hat noch diese Woche frei. Dann kommt sie wieder, weil ihre Kinder weg sind."

„Ah, die Malle-Wochen für die Zwillinge! Findest du es nicht auch schrecklich langweilig ohne Anne?"

„Nun übertreib' nicht! Wir kommen auch mal eine Zeit lang ganz gut ohne sie aus."

Iben zuckte mit den Schultern. „Für mich fehlt ohne Anne in unserer Truppe das Salz. Und der Pfeffer auch noch. Außerdem haben wir nun wirklich keine gute Besetzung, seit Dieter in Kur ist. Ich mein', der hat ja noch nie viel geredet, aber nun sitze ich schon eine Woche lang allein im Büro und bei euch drüben ist auch nichts los. Mannomann, das ist eine richtige Sommerflaute!" Rolf klemmte sich einen Ordner unter den Arm und verließ das Büro. Nachdenklich sah Norbert Olmer aus dem Fenster seines Büros im dritten Stock der Polizeidirektion. Er konnte von hier aus weit über die Dächer auf das imposante Tor auf der alten Wormser Rheinbrücke blicken, das in rotem Sandstein den Brückenkopf bildete und so nicht nur die Stadt-, sondern auch die Landesgrenzen markierte. Als sie zu ihm ins Büro gezogen war, hatte Anne Mettenheimer seinerzeit darauf bestanden, den Schreibtisch zu bekommen, von dem aus das Brückentor besonders gut zu sehen war. Olmer lächelte. Er musste ja zugeben, ihm fehlte seine Kollegin auch. Ihre unkonventionelle, ja oft sogar starrsinnige Art war der ideale Gegenpol zu seinem eigenen, deutlich ruhigeren Temperament.

Olmer wandte sich wieder den Papieren auf seinem Schreibtisch zu. Eine Frau war als vermisst gemeldet worden. Seit einer Woche war Birgit Dexheimer nicht mehr bei ihren Eltern aufgetaucht, fehlte bei der Arbeit und war auch niemandem begegnet, den Olmer bisher befragt hatte. Sowas konnte doch mal vorkommen bei einer erwachsenen Frau, fand der Chef des K1. Immerhin handelte es sich um eine gestandene 43-jährige Single-Frau. Musste die sich bei ihren Eltern abmelden, wenn sie mal eben wegfahren wollte? Dass sie ihren Arbeitsplatz auf's Spiel setzte, indem sie einfach fehlte und keinen Urlaub genommen hatte, war zwar riskant, aber auch nicht ungewöhnlich: Immer mal wieder stiegen Menschen von heute auf morgen aus ihrem alten Leben aus und fingen etwas radikal Neues an. Warum nicht auch Frau Dexheimer? Und warum bloß hatte er keinen dringlicheren Fall auf dem Tisch, sodass er sich um diesen kümmern musste?

Biggi73: Hallo du, das war ein soooo schöner Abend gestern, danke!

Er scrollte weiter. Ja, so war das gewesen. Er hatte geantwortet:

Meddoc: Das lag an dir! Du bist eine tolle Frau!

Biggi73: Oh, danke. Ich glaube, ich werde gerade rot. Sowas hat mir halt schon lang keiner mehr gesagt.

Meddoc: Dann wird es aber Zeit! Wann treffen wir uns wieder?

Biggi73: Wann immer du willst!

Meddoc: Hätte am Freitag Zeit. Wo?

Biggi73: Komm zu mir, ich koche für uns.

Meddoc: Klingt gut. Ich bringe Rotwein mit.

Biggi73: Um acht? Ich freue mich auf dich!

Meddoc: Bis dann!

„Neiiin, nicht die blaue Badehose!"

„Doch, Lukas! Die rote ist viel zu klein geworden."

„Die blaue ist aber uncool!"

„Erstens hast du keine andere, die passt. Zweitens bist du damit doch eh meistens unter Wasser. Und drittens: Für wen bitteschön soll deine Badehose denn cool sein?"

„Na, am Pool, Mama!"

„Cool am Pool, na klar! Pack das blaue Ding ein oder geh mit nacktem Hintern, verstanden?!"

Anne Mettenheimer war kurz vor einem Nervenzusammenbruch. Das wurde mit jedem Jahr schlimmer: Anfangs hatte sie den Kindern einfach den Koffer gepackt und die Reise zu ihrem Vater konnte beginnen. Mittlerweile hatten Emma und Lukas aber dermaßen genaue Vorstellungen, was in den Koffer musste, und vor allem, was in den letzten 24 Stunden vor dem Abflug noch an angesagten Kleidungsstücken eingekauft werden musste, dass Anne regelmäßig heilfroh war, wenn die Aktion endlich geschafft war. Ihre Mutter raffte gerade unten im Flur alle möglicherweise benötigten Jacken zusammen und stopfte sie auf die Schuh-Sammlung in einer großen Reisetasche.

„Mama, sag mal, hab ich auch mit neun schon coole Klamotten für den Urlaub gebraucht?", brüllte Anne Mettenheimer durch das Treppenhaus. Von unten kam ein „Ach was, und wenn, dir hätt' ich was erzählt!" zurück.

„Aber Mamas Papa wohnt ja auch nicht auf Mallorca!", schrie Emma aus der Küche nach oben. Da hatte sie recht.

Angesichts der blauen Badehose ganz oben im Koffer verzog Lukas noch immer das Gesicht. Nur gut, dass er die neuen Socken erst bei der Ankunft bemerken würde. Völlig uncool bunt geringelt. Aber die von ihrem Sohn per Katalog gewünschten Socken mit allerlei Monstern aus Kino und

Fernsehen hatte Anne verweigert und es ihm noch gar nicht gestanden. „In der Not frisst der Teufel die Ringelsocken ...", dachte sie sich und quetschte den Kulturbeutel neben die Badehose.

Hermann Mettenheimer hatte sich in den Garten seiner Tochter zurückgezogen, ein ab dem Mittag dauerhaft sonniges Plätzchen direkt an der Mauer, wo wenige Meter nebenan der Seebach plätscherte. Im Garten standen einige uralte Obstbäume, aber besonders zog ihn die Hängematte an: Wenn die gerade mal frei war, was seiner Ansicht nach selten genug vorkam, musste man die Gunst der Stunde nutzen. Also hatte Hermann Mettenheimer das schmucke Fachwerkhaus an der Tempelgasse verlassen, war über den Hof und durch die Scheune bis in den Garten geschlichen und hatte sich gemütlich in der Hängematte eingerichtet. Mit einer Flasche Bier, die er aus dem Kühlschrank hatte mitgehen lassen. Unglaublich, diese Aufregung jeden Sommer wieder! „Das hätte es früher nicht gegeben", war sich Papa Mettenheimer sicher. Aber früher hatten die meisten Ehen ja auch noch irgendwie gehalten und die Kinder mussten nicht ohne den einen Elternteil zum anderen reisen. Da fuhr man gemeinsam oder gar nicht. Und später war der Vater dann vielleicht bis in die nächste Stadt gezogen, aber doch nicht gleich mehrere Länder weiter! Gedankenverloren nahm er noch einen Schluck aus der Flasche, als Anne in den Garten kam und ihren Laptop auf den Holztisch stellte. „Oh, Papa, hier bist du", sagte sie und klappte den Laptop auf.

„War ein bisschen zu viel und zu laut und zu durcheinander im Haus", meinte er und schob den Arm hinter den Kopf.

„Stimmt. Ich bin auch kurz davor, einem von den dreien da drin die Gurgel rumzudrehen! Lukas mit seiner blöden

Badehose, Emma glaubt, sie müsse sterben, wenn sie die alten Flipflops tragen soll und Mama, deren Qualitäts- und Geschmackskontrolle sowieso kein einziges Kleidungsstück anstandslos passiert. Herrje, bin ich froh, wenn die Kinder im Flieger sitzen!"

Anne ließ sich seufzend auf einen der hölzernen Gartenstühle fallen und tippte auf ihrem Laptop.

Athenet: Sie haben eine neue Nachricht.

ACDC: Hallo Luma, deine Ich-Seite klingt gut, vor allem, dass du auf Rockmusik stehst. Ist irgendwie selten bei Frauen. Hast du Lust, mich mal zu treffen?

Anne fand, das klang jetzt gar nicht so abschreckend. Irgendwann musste sie ja auch mal einen zweiten Schritt wagen. Oder? Oder?? Nein, das war dann jetzt doch zu schnell.

Luma: Hallo ACDC (was schon mal sehr nach Rock klingt!), vielleicht kennst du ja einfach die falschen Frauen?

ACDC: Bingo, das wird's sein! Aber das will ich ja gerade ändern! Kann ich dich diesen Sommer irgendwo mit auf ein Konzert nehmen?

Luma: Klar, warum nicht? Also: Gerne!

Ogottogott, was hatte sie getan! Das klang wie ein Ja. Sollte es das? Sicher?

ACDC: Gut, dann gucke ich jetzt die Veranstaltungskalender in der Gegend durch. Wohin fährst du eigentlich dieses Jahr in Urlaub?

Luma: Ich hatte gerade zwei Wochen frei, bin aber zu Hause geblieben (Baggersee, Eisdiele, Straußwirtschaft). Ab Montag muss ich wieder arbeiten, aber meine Kinder sind dann für zwei Wochen verreist. Da hätte ich abends immer Zeit.

War sie verrückt geworden? Was schrieb sie da eigentlich?

War sie gerade dabei, sich ernsthaft zu verabreden?

„Was schreibst du da eigentlich?“, fragte nun auch ihr Vater, der seine Bierflasche inzwischen geleert und sich selbst aus der Hängematte gerollt hatte. Eilig klappte Anne den Laptop zu und brummte etwas, das eventuell „wichtige Mails“ hätte heißen können, stand auf und ging hinter ihrem Vater her zurück zum Haus. Dort standen jetzt zwei gepackte Rollkoffer und die prallvolle Reisetasche mit Schuhen, Jacken, Schwimmflossen etc. vor der Tür.

„Ui, also wir früher, wir haben den mittelgroßen Rucksack gepackt und damit zwei Wochen Wanderurlaub im Schwarzwald bestritten. Das hat auch gereicht“, sagte Hermann Mettenheimer. Seine Frau, die gerade schnaufend aus der Haustür trat, bemerkte spitz: „Da habt ihr die Unterhosen aber auch nur alle vier, fünf Tage gewechselt!“

Anne kicherte: „Ja, glaubt ihr, das wär’ bei meinen Kindern heute anders?“

„Stimmt überhaupt nicht!“, brüllten die Zwillinge unisono völlig entrüstet, was die Erwachsenen aber nicht recht zu überzeugen schien.

Schließlich gelang es tatsächlich, alle Kinder, Großeltern und Gepäckstücke in Annes alten Kombi zu stopfen und zum Frankfurter Flughafen aufzubrechen.

Als Anne spät abends nach tränenreichem Abschied in Frankfurt und dem Zwischenstopp in Westhofen, um ihre Eltern abzusetzen, ihr Auto wieder in der Tempelgasse abstellte, fühlte sie sich völlig erledigt. Ein Marathonlauf war nichts dagegen! Obwohl sie das Laufen fast völlig aufgegeben hatte, seit sie zusammen mit den Kindern im Sommer begeistert segelte und sommers wie winters schwamm, wann immer Zeit dazu war.

ACDC: Hallo Luma, wie heißt du eigentlich richtig? Ich heiße Andreas. ACDC wegen meiner Lieblingsband.
Luma: Anne. Und Luma wegen meiner Kinder.
ACDC: Ludwig und Maria?
Luma: Falsch :-), aber ein Mädchen, ein Junge stimmt.
ACDC: Lutz und Manuela?
Luma: Nee!
ACDC: Jetzt aber: Ludowika und Magnus?
Luma: Neiiiiiiin! Aber macht nichts, wenn du nicht drauf kommst. Ich kann ja wenigstens noch EIN Geheimnis haben.
ACDC: Alle deine anderen willst du mir verraten? Toll, freut mich! Übermorgen wäre drüben in Bensheim im *Rex* was, guck doch mal auf der Homepage, ob dich das interessiert!
Luma: Gut, mache ich, sage dir morgen Bescheid. Jetzt melde ich mich für heute ab: Hatte einen anstrengenden Tag und gönne mir jetzt in aller Ruhe noch einen Rotwein im Garten.
ACDC: Nimm mich doch einfach mit.
Luma: Sorry, abgelehnt: Wenn ich in der Hängematte liege, kann ich nicht tippen.
ACDC: Dann mache ich mir Hoffnungen, dass ich das bald mal live mitkriege. Aber sag mal, tippen geht nicht in der Hängematte, Wein trinken schon?
Luma: Alles Übung! Gute Nacht!
ACDC: Gute Nacht!

Anne klappte den Laptop zu, entkorkte einen Heßlocher Spätburgunder, griff sich zur Flasche noch ein Glas und ging müde hinaus in die laue Abendluft im Garten. Unterwegs begann sie zu grübeln: Wieso hatte sie diesem Andreas das alles geschrieben? Nur weil der nett war? Nur weil sie angeblich soundsoviele personal points deckungsgleich hatten? War sie eigentlich wahnsinnig, sich auf ein Date im *Rex* mit einem völlig Unbekannten einzulassen? Andererseits war sie schließlich kein zartes Pflänzchen, und wenn auch immer noch reichlich dürr, so doch wenigstens gut trainiert und durch die Polizeiarbeit einigermaßen reaktionsschnell. Das würde schon gut gehen. Es sei denn, Mama Mettenheimer hätte mit der Vermutung, ihre Tochter könne sich versehentlich mit einem Massenmörder verabreden, recht. Wie furchtbar, diese Unruhe: Einerseits der Wunsch, einen netten Menschen kennenzulernen, andererseits die Angst, enttäuscht, betrogen, belogen oder Schlimmeres zu werden. „Blödsinn!“, schimpfte Anne über den Rand ihres Weinglases. „Das haben schon ganz andere lebend hingekriegt, ich werd's also auch schaffen!“ Und dann nickte sie einfach so in ihrer Hängematte ein, weil der turbulente Tag, die aufregenden Gedanken um ACDC und zwei viel zu schnell auf leeren Magen getrunkene Gläser Rotwein ihren Tribut verlangten.

Er las noch einmal, was sie sich gegenseitig geschrieben hatten:

Meddoc: Toller Abend gestern!

Biggi73: Und das war erst der Anfang. Du bist ein Traummann und sooo zärtlich, ich kann's echt nicht aushalten ohne dich. Wann sehen wir uns wieder?

Meddoc: Kannst du morgen? Komm doch mal zu mir. Ich kann schließlich auch kochen.

Biggi73: Wahnsinn, auch das noch! Welche Geheimnisse hast du noch?

Meddoc: Wart's ab! Um acht? Wegbeschreibung hängt an! Bis morgen!

Biggi73: Bis morgen! Ich werde nicht schlafen vor Aufregung, ich freue mich schon!

ACDC-Andreas gefiel Anne sofort: Schwarze Locken umrahmten ein rundes Gesicht mit vielen Lachfalten, zu denen Anne zwei, drei Zentimeter aufsehen musste. Der Mann trieb Sport, das sah sie auch auf den ersten Blick an seiner muskulösen Statur. Er wedelte schon mit den Eintrittskarten vor der Tür des Bensheimer „Rex" in der Fabrikstraße: „Ich dachte, ich lade dich mal gleich ein, das macht vielleicht einen guten Eindruck!"

„Hast du den denn nötig?"

„Weiß ich nicht. Aber falls ja, dann wollte ich halt vorgesorgt haben", lachte Andreas.

In der ersten halben Stunde fand Anne es noch relativ schwierig, die Unterhaltung in Gang zu halten, aber schon in der Pause des Konzerts gab es dermaßen viel über Musik und früher besuchte Konzerte zu erzählen, dass sie fast das Ende der Pause bedauerte.

Nach dem Konzert beschlossen sie beide, dass es noch viel zu früh sei, um nach Hause zu fahren. „Irgendwie ist es mir jetzt eher nach Reden als nach Disco", meinte Andreas zudem, und Anne stimmte zu.

„Kennst du das Kirchberghäuschen?"

„Klar", nickte Anne, die sich in ihrer Jugend öfter an der hessischen Bergstraße herumgetrieben hatte als ihrer Mutter das lieb gewesen war.

„Ich war vorhin noch schnell einkaufen und hätte einen Kasten Bier im Auto."

Anne lachte: „Könnte gerade so reichen."

Jeder trug in jeder Hand eine Flasche, so stapften sie mitten in der Nacht den Kirchberg hoch, während Anne grübelte, wie lange das her sein musste, dass sie zum letzten Mal hier hinaufgegangen war. Und immer in männlicher Begleitung.

Das lag wohl an der Romantik des Kirchberghäuschens und an der Tatsache, dass man von dort oben nachts einfach einen wunderbaren Blick auf die zahllosen Lichter in der Rheinebene hatte. Ob man von dort aus auch nach Osthofen sehen konnte? Westhofen, wo Anne aufgewachsen war, hatte sie seinerzeit gar nicht erst gesucht, es lag in einer Senke und versteckte sich vor Spähern von der Bergstraße. Aber das Osthofener Silo, den hässlich-grauen Betonturm mitten im alten Ortskern, der nun plötzlich zum Wahrzeichen stilisiert wurde, den konnte man doch bestimmt erkennen!

Oben angekommen setzten sie sich auf eine Mauer am Wegesrand unterhalb des Häuschens. Andreas öffnete die ersten zwei Bierflaschen mit seinem Feuerzeug und Anne vergaß ihr Weitblick-Vorhaben: Sie unterhielt sich einfach allerbestens mit Andreas, der sich als gebildeter und offener Gesprächspartner erwies. Irgendwann kam das unvermeidliche Thema Beziehung an die Reihe. Anne, nun an der zweiten Flasche Bier, berichtete, wie sehr sie sich gewundert hatte, als sie nach Bekanntwerden ihrer Trennung von Paul immer mal wieder feststellen musste, dass sie sich urplötzlich wie Freiwild vorkam: „Weißt du, da kennst du manche Typen seit 15 Jahren, von Anfang an ist klar, man versteht sich, aber mehr wird nicht, und dann legt dir so einer im Kino auf einmal die Hand aufs Knie!“

„Ja, und?“

„Das macht dann irgendwie alles kaputt.“

„Aber wenn er jetzt mehr will?“

„Nach 15 Jahren? Und wenn ich doch so überhaupt keine Zeichen aussende, dass ich das auch will?“

„Vielleicht habt ihr einfach eine unterschiedliche Zeichensprache.“

Anne schwieg und starrte auf die Ebene hinunter.

„Du stehst also mehr auf frische Hände auf deinem Knie?"

Anne kicherte. „So ungefähr."

Schon spürte sie eine warme Hand auf ihrem Knie, ein kräftiger Arm legte sich um ihre Taille. „Schön!", seufzte sie ganz wider Willen und wunderte sich über sich selbst, dass sie einfach so den Kopf an Andreas' Schulter legte. Kurz darauf hatte sie all' ihre Selbstschutzmaßnahmen, Vorsichtsregeln und Bedenken über Bord geworfen und erwiderte Andreas' Kuss.

„Mann, sowas hab ich zuletzt vor zwanzig Jahren gemacht, so hemmungslos geknutscht!"

„Dann wird's aber mal wieder Zeit!", befand Andreas.

Zwischendurch waren Anne Dinge durch den Kopf geschossen, die von „Jaaa, mehr davon!" bis „Bist du eigentlich bescheuert, du kennst den doch gar nicht und bist auch keine siebzehn mehr!" reichten, aber das verriet sie Andreas lieber erstmal nicht.

Anne holte tief Luft und sagte: „Ich glaub, bis zu mir nach Osthofen finde ich das jetzt viel zu weit. Zu dir nach Heppenheim ist es doch viel näher. Fahren wir zu dir?"

„Ääähm, ja, also, heute besser nicht, meine Frau ist nämlich zu Hause."

Annes Kreislauf schoss einen Salto: „Wie – deine Frau? Zu Hause? Bei dir?", fragte sie atemlos.

„Na ja, wir sind schon länger getrennt, aber ausziehen kostet ja mehr Geld als nötig, also wohnen wir erstmal noch zusammen."

„Und wenn du eine Freundin mitbringen willst?"

„Ja, dann guck ich halt, dass sie nicht da ist. Sie ist da auch ganz offen und übernachtet dann mal bei einer Freundin, wenn ich die Wohnung will."

Anne schüttelte sich. „Boah, und das Ehebett kriegt immer der, der's gerade braucht, oder wie?"

„Wieso Ehebett? Wir haben gar keins mehr", versuchte Andreas die Lage zu erklären.

„Ja, wie auch immer. Ist ja toll bei euch ..." Anne konnte solche für Andreas und Gattin wohl überaus praktischen Arrangements absolut nicht nachvollziehen. Ums Geld konnte es eigentlich nicht wirklich gehen.

„Und wie lange macht ihr das schon so?"

„Och, zwei Jahre ungefähr."

„Aha. Und wenn das nun was Ernstes würde mit uns?"

„Dann würde ich sofort zu dir ziehen!", sagte Andreas und legte den Arm wieder um Annes Taille. Sie schüttelte ihn brüsk ab. „Nee, vergiss es, so geht das nicht! Danke für den Abend, das Konzert war klasse, und eigentlich war's auch ganz nett, aber so kann das nicht klappen. Ich geh jetzt runter und fände es gut, wenn du erst in zehn Minuten aufstehen würdest. Sorry. Mach's gut!"

Anne stand auf und lief, ohne sich umzusehen, den Hang hinunter. Als sie zwischen den ersten Häusern angekommen war, begann sie zu rennen. Bloß weg hier!

Oben auf dem Kirchberg saß Andreas, der sehr nett war, und gerade völlig perplex, und der sich tatsächlich nicht wagte, aufzustehen und Anne nachzulaufen.

Ich habe sie abserviert. Es klappt irgendwie nie mit meinen Beziehungen. Wie sollte es auch? Warum sind Frauen so? Oder treffe immer nur ich auf diese Sorte? Mit zwanzig, von mir aus, aber doch nicht mehr mit fünfzig! Ich hätte gern den Versorger gegeben, den, an den sie sich anlehnen kann. Ich denke, ich habe ihr von Anfang an klar gemacht, dass ich eine Frau zum Heiraten suche, die bei mir einzieht und vielleicht sogar hingebungsvoll meine Blumen gießt, und dass Sex eine sehr untergeordnete Rolle spielt. Aber sie wollte einfach nur Sex, keine Verpflichtungen. Wie oft habe ich mich mir ihr getroffen? Elf Mal, zwölf Mal? Beim vorletzten Mal hat sie mich tatsächlich ins Bett gekriegt. Bei ihr. Unter Blümchenbettwäsche und im Dunklen. Das ging irgendwie. Immerhin hat sie nicht viel gemerkt. Danach hat sie mir quasi stündlich gemailt, wann wir uns sehen, und urplötzlich habe ich mich wieder so gefühlt wie früher schon öfter. Ich wollte mit Haut und Haar vereinnahmt werden und liebend gern sogar meine Eigenständigkeit aufgeben, aber ich wollte nicht bloß zur Paarung antreten.

Dabei hatte mit ihr jetzt alles ganz vielversprechend angefangen. In den ersten Mails hatte ich den Eindruck, sie sucht nur jemanden zum Reden und Spaß haben, aber dann hat sie mich beim Treffen als Mann wahrgenommen. Ich bin ein paar Jahre älter als sie, sehe ganz gut aus und habe auch finanziell etwas zu bieten: Noblen Wagen, eigenes Haus, guten Beruf. Und nicht zu vergessen: Keine familiären Altlasten!

Aber es ging nicht. Ich habe es schnell gemerkt. Erst habe ich mit ihr Schluss gemacht, das wollte sie nicht akzeptieren. Dann habe ich sie links liegen lassen, damit sie es vielleicht selbst merkt, dass ich nicht mehr an ihr interessiert bin, doch das hat sie nur noch mehr angestachelt. Ich konnte sie nicht abschütteln. Also habe ich vorgegeben, ich wolle unsere Beziehung auffrischen. Ich habe getan, was ging, und sie fand das ziemlich gut, sagte sie zumindest. Als sie nochmal und richtig und so wollte, habe ich ihr vorgeschlagen, dazu ins Bad zu gehen. Blu-

men und Kerzen, dazu eine Flasche Sekt. Da habe ich dann Schluss gemacht. Endgültig. Ein Wannenbad und Ende. Die Scherben des Versuchs habe ich diskret entsorgt.
Jetzt kann ich wieder auf die Suche gehen.

Nachdem sie die Autofahrt von Bensheim über den Rhein bis nach Osthofen in wilden Gedanken vertieft kaum mitbekommen hatte, hatte Anne Mettenheimer sich zu Hause hemmungslos besoffen. Da wagte sie endlich mal wieder, sich tatsächlich mit jemandem zu treffen, der auch noch ansehnlich und patent daherkam, und dann sowas! Nur gut, dass niemand gesehen hatte, was da passiert war. Aber wieso war ihr das eigentlich peinlich? Der Typ war doch Panne, nicht sie! Oder hätte sie ihn mit zu sich nehmen sollen? Die Gattin einfach ausblenden? Ach was, dermaßen nötig hatte sie es jetzt auch wieder nicht, einen neuen Mann zu finden! Überhaupt: Männer! Pah! Aber warum hatte ihr ausgerechnet dieser Idiot so gut gefallen? Man stelle sich das vor: Sie hatte zugelassen, dass er sie geküsst hatte! Und den Arm um sie gelegt! Und sie hätte noch viel mehr …! Und dann kommt der mit seiner Frau! Nein, nie, nie wieder!

Am Tag danach wachte Anne erst kurz vor dem Mittag auf und hatte den Brummschädel ihres Lebens. Verkatert kümmerte sie sich um die Wäscheberge von sich und den Kindern, die sie noch im Keller liegen hatte. Die Sonne strahlte vom Julihimmel, sodass die Wäsche kurz darauf im Sommerwind auf der Leine trocknen konnte. Anne hingegen kam dieses Wetter so gar nicht zupass: Gegen die helle Sonne trug sie eine Sonnenbrille und ihren gewachsten Regenhut mit extrabreiter Krempe, der schließlich auch den Cowboys in Australien nicht nur den Regen, sondern auch das grelle Licht fernhielt. Matt döste sie in ihrer Hängematte und nahm nur nebenbei zur Kenntnis, dass Emma und Lukas eine WhatsApp geschickt hatten, in der sie ihre Ankunft auf Mallorca beschrieben und sich bitter beklagten, dass es in den ersten anderthalb Tagen dort pausenlos geregnet hatte.

Montagmorgen: Anne musste wieder zum Dienst in der Wormser Polizeidirektion. Immerhin: Eine erste Ladung Wäsche war komplett ordentlich zusammengelegt in allen Schränken verstaut und der Kopf war auch wieder auf Normalmaße geschrumpft. Einigermaßen fit betrat sie also ihr Büro, in dem Norbert Olmer bereits in seinem Morgenkaffee rührte. „Anne!“, rief er strahlend, als er sie sah.

„Morgen!“, brummte sie und griff zuallererst nach ihrer Kaffeetasse, um sich von ihrem Chef ebenfalls sein rabenschwarzes Gebräu einschenken zu lassen.

„Wie war der Urlaub?“, wollte Olmer wissen.

„Hm, ganz gut. Bisschen schwimmen, bisschen segeln. Manchmal sogar mit den Kindern. Aber die sind ja jetzt erstmal richtig in Urlaub.“

„Prima, da hast du ja viel Zeit für den Job!“

„Hey, Anne, auch wieder im Lande!“, begrüßte sie nun Matthes Horrweiler, ihr Kollege von der Kriminaltechnik, der auch dringend einen Kaffee brauchte und wusste, dass er in Olmers Büro einen bekommen würde. Anne nickte und fragte, wann er denn Urlaub habe. „Ich? Ach, diesmal erst nach den Ferien.“

„Huch? Fahrt ihr nicht zusammen weg?“

„Nein, das ist vorbei. Seit die Kinder pubertieren, ist das alles völlig furchtbar: Weißt du, da bietest du ihnen zwei Wochen in einem Haus direkt am Strand an, und was sagen sie nach drei Tagen? Strand? Ach, da waren wir doch schon! Und dann sitzen sie in der teuren Bude und daddeln den ganzen Tag mit ihren Smartphones. Und wer darf den Auslands-Einsatz im Internet bezahlen? Ich natürlich! Dieses Jahr haben wir schon an Neujahr Krach gekriegt, weil Kind eins möglichst weit wegfahren wollte, aber auf keinen Fall in ein Land, in dem es schon mal war. Und wenn schon, dann in eine Stadt. Und am besten per Flugzeug. Kind zwei wollte nur in deutschsprachige Länder reisen und die Zusage haben, dass der Zugriff auf WLAN und deutsches und veganes Essen gesichert sei. Und auf jeden Fall mit der Bahn, alles andere sei ökologisch nicht vertretbar. Meine Frau und ich haben schüchtern vorgeschlagen, zum Wandern nach Österreich zu fahren, leider mit dem Auto, und wer nicht wolle, müsse ja nicht mit auf den Berg, und Internet hätten die dort auch schon, aber da brach ein Sturm los, Wahnsinn! Ich habe dann am Ende nur noch gebrüllt, dass sie alle mich mal sonstwas können und dass ich ab sofort nur noch allein mit ihrer Mutter außerhalb der Schulferien fahren werde. Daraufhin wurde mir vorgeworfen, mir fehle der Familiensinn und ich hätte keinerlei Gespür für Jugendliche, schon gar nicht für unverschuldet pubertierende. Mehrere Türen wurden geknallt und das Thema wurde nicht mehr angesprochen. Kurz: Ich bin erst Mitte September weg. Ganz allein mit meiner Leonie. Die Kinder werden von der Oma gehütet, was für alle Beteiligten eine Herausforderung werden wird. Aber egal. Ich freu' mich auf den September!"

Anne und Olmer hatten Horrweilers Ausführungen lachend angehört, doch Anne hatte gegen Ende die Stirn in Falten gelegt: Was stand ihr da noch bevor in den kommenden Jahren!

„Gibt's was zu tun?", fragte sie dann auch, um endlich wieder bei der Arbeit anzukommen.

„Wir haben eine Vermisstenanzeige, der wir mangels anderer Delikte in aller Ruhe nachgehen können", sagte Norbert Olmer und griff nach einer Mappe auf seinem Schreibtisch. „Birgit Dexheimer, 43 Jahre, ledig, seit gut zehn Tagen weg. Ich habe mit ihren Eltern für heute Vormittag einen Termin ausgemacht, damit wir uns in der Wohnung umsehen können, ob da etwas auffällt. Also, Anne, in einer halben Stunde geht's auf Tour."

Unten auf dem Hof der Polizeidirektion schnappte Anne Mettenheimer ihrem Chef den Autoschlüssel aus der Hand. „Ich fahre besser!", bestimmte sie.

„Um Gottes Willen, jetzt geht das wieder los! Du fährst immer viel zu schnell!"

„Sonst kämen wir ja nie an! Effektives Arbeiten nennt man das, das spart letzten Endes Steuergelder!"

„Aber nicht, wenn du den Wagen in den Graben fährst!"

„Hab ich das jemals …?"

„Noch nicht, aber ich befürchte das bei jeder zweiten Fahrt!"

„Norbert, ergib dich einfach in dein Schicksal und freu' dich, dass ich wieder da bin, um deinen Kreislauf in Schwung zu bringen!"

Grinsend zuckte Olmer mit den Schultern, ließ sich auf den Beifahrersitz des weißen Dienst-Passats fallen und legte den Sicherheitsgurt an, noch bevor er die Tür schloss.

Die Fahrt dauerte nur wenige Minuten: Birgit Dexheimers Wohnung befand sich im Brauereiviertel in Worms, wo mehrere große Wohn- und Geschäftshäuser einerseits für Wohnraum nahe der in den vergangenen Jahrzehnten enorm gewachsenen Hochschule gesorgt hatten, andererseits auch für eine gewisse Anonymität durch die Masse an Wohnungen in vier bis fünf Etagen übereinander.

Norbert Olmer klingelte unten an der Haustür und bis die beiden Kommissare im dritten Stockwerk ankamen, stand dort bereits die Dexheimersche Wohnungstür offen und eine ältere Frau bat die beiden, doch einzutreten.

„Ich verstehe das überhaupt nicht, unsere Tochter ist nicht so eine, die einfach mit irgendeinem Kerl verschwindet!", sagte die Frau, die sich als Lilo Dexheimer vorstellte. „Das wollte mir der Beamte, der die Vermisstenanzeige aufgenommen hat, nämlich weismachen. Unglaublich, weil der doch gar keine Ahnung hat, wie die Birgit so ist!", schimpfte sie.

Anne Mettenheimer nickte und versuchte, möglichst neutral zu gucken: Natürlich verstand sie Mutter Dexheimer, andererseits aber auch den Kollegen, denn wie oft war es schon vorgekommen, dass sich jemand einfach mal nicht abgemeldet hatte, die besorgte Verwandtschaft aber schon den Polizeiapparat auf die Spur gesetzt hatte. Da konnte man ja vorher mal fragen, bevor wieder irgendein wütender Leserbrief in der Zeitung über die Verschwendung von Steuergeldern wetterte.

Birgit Dexheimers Wohnung erschien den Kommissaren völlig normal, es waren keinerlei Anzeichen eines übereilten Aufbruchs, eines Kampfes oder eines Einbruchs zu erkennen. In der modisch in weiß und dunkelbraun eingerichteten Wohnung lag und stand alles an seinem Platz: „Hier lebt ein ordentlicher Mensch", dachte sich Anne Mettenheimer beinahe neidisch, wenngleich sie die Einrichtung als etwas zu unpersönlich empfand, eben wie frisch aus dem Katalog. Nur die geblümte Bettwäsche wirkte wie aus einer anderen Welt. „Bestimmt noch im letzten Jahrtausend von der Mama gestiftet", mutmaßte die Kommissarin bei sich. Die Wäscheschubladen waren randvoll, der Rollkoffer stand in der Ecke zwischen Wand und Schlafzimmerschrank, zwei Reisetaschen und ein Rucksack lagerten in einem Einbauschrank im Flur. Kein Zweifel: Birgit Dexheimer war ohne Gepäck unterwegs. Das sah nun nicht gut aus, war aber immer noch kein Grund, sich Sorgen zu machen. Auch wenn niemand die Blumen gegossen hatte. Die neue rote Handtasche lag im Flur, das sah die Mutter sofort. Und mit ihr der Geldbeutel, in dem sich alle Karten und Ausweise befanden. Leider nicht das Smartphone, in dessen Kalender Birgit Dexheimer akribisch alle Termine einzutragen pflegte, wie die Mutter berichten konnte.

„Haben Sie schon mal in den Computer geguckt?", fragte Norbert Olmer. „Da gibt es ja auch eine Kalender-Funktion, oder aber es findet sich in den Mails irgendwas Verwertbares."

„Ich? In den Computer? Oje, nein!", meinte Lilo Dexheimer, klappte den weißen Laptop auf dem Couchtisch aber dennoch auf. „So, wie genau das jetzt weitergeht, weiß ich nicht", sagte sie. „Würden Sie das machen?"

Anne nickte und fuhr den Computer hoch. „Mist, passwortgeschützt!"

„Ha, aber jetzt weiß ich was!", rief die Mutter. „Birgit hat gesagt, falls mal was ist, sie hat alles mit demselben Passwort geschützt: Biggi73, ohne Leerzeichen dazwischen, weil sie doch Jahrgang 1973 ist."

Anne konnte nun problemlos auf die Daten der Vermissten zugreifen. Zuerst besah sie sich den Posteingang im Mailprogramm: „Sieh an, sie ist bei *Athenet*!"

„Was ist das?", fragten Olmer und die Mutter gleichzeitig.

„Ein Portal zur Partnersuche. Da hat sie sich auch als Biggi73 angemeldet."

„Das kann aber nicht sein", wandte Mutter Dexheimer ein. „Das würde die Biggi nicht machen, einen Mann im Internet suchen."

„Ich denke, es gibt mehr Menschen, als wir alle glauben, die sowas tun. Den meisten ist es bloß ein bisschen peinlich, das zuzugeben“, sagte Anne und musste sich ein Grinsen verkneifen.

„Nein, sowas macht sie nicht!“

„Aber wer soll denn dann von ihrem Computer aus Biggi73 gespielt haben?“, fragte Norbert Olmer ganz sachlich. „Anne, kommt dabei was raus?“

Anne nickte: „Sie hat sich wohl ein paarmal mit verschiedenen Männern getroffen. Ihre Mails lesen sich so, dass sie ernsthaftes Interesse an einem Mann bekundet. Ich vermute mal, sie ist einfach Hals über Kopf zu dem gezogen.“

„Hat Ihre Tochter denn nie von einem neuen Bekannten berichtet?“, fragte Olmer.

„Nie. Leider. Sonst hat sie das immer getan, aber warum diesmal nicht, ich weiß es nicht. Ach je, wer ist denn der Mann?“, fragte Lilo Dexheimer.

„Das müssen wir erst noch rauskriegen“, sagte Anne. „Dürfen wir den Laptop mitnehmen? Ich würde gern den kompletten Brief- ääh – Mailwechsel lesen. Vielleicht kriegen wir ja auch unter Birgits Namen Kontakt zu dem Mann und finden heraus, was los ist.“

„Sie bekommen natürlich eine Quittung über das Gerät!“, fügte Olmer an.

„Ach was, packen Sie das Ding bloß schnell ein und finden Sie mir mein Kind wieder!“

Olmer sah die Frau ernst an: „Wir tun, was wir können.“

Während Frau Dexheimer die Blumen goss und Norbert Olmer die Quittung für den Laptop ausstellte, guckte Anne auf ihr Smartphone:

„Mama, es regnet schon wieder! Und Emma nervt! Und ich muss nackte Tintenfische essen!“ Anne stellte sich Lukas’ angeekeltes Gesicht über einem Teller mit Calamari vor.

„Athenet: Sie haben zwei neue Nachrichten.“

Annes Puls beschleunigte sich. Wollte sie die lesen? Aber natürlich, die Neugierde siegte doch jedes Mal wieder.

„ACDC: Luma-Anne, ich würde dich gerne wieder treffen. Verspreche auch, bis dahin das Problem mit meiner Ex-Frau geklärt zu haben! Aber bitte melde dich nochmal! LG Andreas“

Ach je, nun war der auch noch anhänglich! Wie schnell wollte Andreas denn die Ex zu Hause loswerden? Und selbst wenn sie auszöge, so lange, wie die beiden angeblich getrennt zusammen gewohnt hatten, das ließ sich doch nicht einfach so mit dem Auszug beenden. Nein, ACDC sollte auf den Highway to hell und sie in Ruhe lassen!

„Carsmed: Luma? Deine Ich-Seite ist außergewöhnlich und hat mich sofort angesprochen. Ich weiß nicht, ob diese pauschalisierten personal points wirklich etwas aussagen, daher würde ich dich gern kennenlernen. Ich wohne im PLZ-Bereich 67. Wo finde ich dich?“

Aha, dieser hier machte sich Gedanken, ob die Partnersuche per Formular im Internet so klappen konnte. Wie sie selbst auch. Klang ja erstmal nicht schlecht.

„Hallo Carsmed, ich wohne auch im Bereich 67, ich melde mich heute Abend mal, nach dem Job. Gruß Luma.“

Ob das für den Anfang langte? Sie hatte schnell reagiert, Interesse gezeigt, etwas von sich preisgegeben und gleichzeitig deutlich gemacht, dass sie einen wichtigen Job hatte. Oder? Doch lieber löschen und erst abends in Ruhe beantworten?

„Anne, was ist los? Können wir?“

Norbert Olmer riss seine Kollegin aus ihren Gedanken, und eilig tippte Anne doch noch das „senden“-Feld auf ihrem Bildschirm an, bevor sie sich von Lilo Dexheimer verabschiedete.

Rolf Iben war beinahe enttäuscht, dass er den Laptop der Vermissten nicht „knacken“ musste, sondern dass das Passwort bekannt war. „Schade, gar nichts zu basteln!“, bedauerte er die Einfachheit des Zugangs, als er Anne Mettenheimer in deren Büro über die Schulter sah.

„Tja, Rolf, tut mir leid, aber diesmal komme ich wohl allein mit dem Computer klar“, meinte Anne und öffnete die *Athenet*-Seite, um Birgit Dexheimers Mails dort zu lesen.

„Hast du ’nen Computerkurs gemacht oder warum geht das auf einmal so flott?“, wunderte sich Iben, der seit Jahren beklagte, wie rudimentär das Wissen seiner Kollegen in diesem Bereich war, den er zu seinem Steckenpferd erklärt hatte.

„Ööööh, ja, na ja, das war ja jetzt nicht schwierig!“, stammelte Anne und merkte, dass ihr wärmer wurde, als es der Sommertag verlangte. Es brauchte ja niemand zu wissen, wie oft sie nun schon für sich selbst den Zugang zu dieser Seite geöffnet hatte.

„Hier, mit dem hier hat sie sich offensichtlich öfter getroffen. Uaaah, lies mal: Traummann. Zärtlich. Geheimnisse. Na, da steht mir ja was bevor, bis ich das alles durchforstet habe!“

„Also, ich hätte nichts gegen ein wenig dienstliche Romantik-Lektüre“, bot Rolf Iben sich an, aber Anne verscheuchte ihn vom Bildschirm: „Nee, nachher soll ich dafür dann deine alten Akten sichten, kommt gar nicht in die Tüte! Und jetzt lass’ mich mal schmökern!“

Kopfschüttelnd verließ Iben das Büro. Anne hingegen vertiefte sich in die unzähligen Nachrichten, die Birgit Dexheimer über *Athenet* bekommen und verschickt hatte. Beeindruckt registrierte sie, wie viel da innerhalb eines halben Jahres zusammengekommen war.

Lange Zeit über hörte man nur das leise Klackern der Laptop-Tasten und das Rascheln eines Blattes Papier in den Händen am Arbeitsplatz gegenüber. Kurz vor dem Feierabend unterbrach Anne die Stille im Büro: „Norbert, ich brauch' vom Staatsanwalt die Genehmigung, nach den Echt-Daten von mehreren Männern zu fragen. Sonst rückt *Athenet* die nicht raus."

Olmer blickte auf, rieb sich müde die Augen und fragte: „Was hast du denn rausgefunden?"

„Also: Da sind mehrere Männer interessant. Mit einem hatte sie wochenlang per Mail Kontakt, und gleich beim ersten Treffen hat er ihr wohl erklärt, sie passten nicht zusammen. Das wollte sie nicht einsehen. Sowas kann ja lästig werden, wenn man noch verheiratet ist oder so. Ein zweiter hat ihr nicht gefallen, aber seinerseits nicht locker lassen wollen. Mit dem hat sie sich ein paarmal getroffen, danach viel gemailt, dann aber wohl doch kürzlich nochmal getroffen, um das Ganze endgültig zu klären. Mit einem dritten Mann hat sie sich mindestens zehnmal getroffen, wenn ich richtig gezählt habe. Das kann man schon fast eine Beziehung nennen. Vielleicht ist sie einfach zu dem hin und hat ihr altes Leben komplett verlassen. Wär' ja nicht das erste Mal, dass sowas passiert, auch wenn's der Mama nicht gefällt."

„Steht denn in den Mails nichts, was auf die Namen und Adressen hinweist?"

„Nummer Eins wird Charly genannt und hat immerhin verlauten lassen, er wohne in Lampertheim, und die Gefahr, dass man seiner Frau über den Weg laufe, sei ihm zu groß, zu stressig. Nummer zwei ist aus Ludwigshafen und arbeitet bei der BASF, wird aber immer nur mit seinem Codenamen CityMan angeschrieben. Ach ja, und er schreibt noch, er sei Ingenieur und könne ihr daher ordentlich was bieten."

„Na toll, davon gibt es aber bestimmt auch ein paar hundert in dem Laden, oder?“

„Genau. Und Nummer drei wird auch mit seinem Codenamen Meddoc angeschrieben. Findet sie vielleicht geheimnisvoller, wer weiß? Leider sind da immer nur die Treffpunkte genannt, aber ich würde vermuten, dass der Mann aus Worms oder der näheren Umgebung kommt, weil er einmal abends um sieben geschrieben hat, dass er es bis um halb acht zum Treffen am Rheinufer schaffen wird.“

„Gut“, nickte Olmer. „Um da mehr zu erfahren, müssen wir mit den Männern reden, und das geht nur, wenn wir wissen, wie sie im richtigen Leben heißen. Ich frage bei Dr. Liebreich an.“

„Was du sicher nur zu gern tust!“

„Quatsch! Das ist für unsere Ermittlungen notwendig!“ Olmer griff nach seiner Jacke und brummte: „Bis morgen dann!“, bevor er das Büro verließ.

Anne blickte aus dem Fenster zum Brückenturm auf der Rheinbrücke und grinste breit. Seit Dr. Amelie Liebreich ihre zuständige Staatsanwältin war, rissen sich sämtliche männlichen Kollegen darum, die Anfragen zu stellen. War Karl Staubsee, der vorherige Staatsanwalt, ein knorriger grauer Paragraphenreiter mit fast vierzig Dienstjahren auf dem Buckel gewesen, der jeden in jedem Fall ganz schnell in die von ihm gesteckten Grenzen verwies, stellte Dr. Liebreich das Gegenteil dar: Sie war höchstens Mitte dreißig, wie spekuliert wurde, und ganz sicher wusste man, dass das kastanienrote und hüftlange Haar nicht gefärbt war. Außerdem musste sie ledig sein, denn so sehr es alle auch versucht hatten, eine Bemerkung wie „Mein Mann hat ...“ oder „Mein Freund sagt ...“ war von ihr noch nie zu hören gewesen. Zudem war die Staatsanwältin ein zierliches Persönchen und lächelte den ganzen Tag über, als freue sie sich über jeden, der ihr begegnete. Anne hatte schon mehrmals mit ihr zu tun gehabt, und sie wusste, dass hinter dem Lächeln eine eisenharte Verhandlungspartnerin steckte. Aber das blendeten die abteilungsweise schwerverliebten Kollegen ja komplett aus. Männer!

Na ja, dann hatte Olmer ja für den kommenden Morgen bereits eine Aufgabe, auf die er sich freute, das war doch auch mal etwas.

Anne klappte den Laptop zu, schloss ihn in ihrem Schreibtisch ein und machte sich ebenfalls auf den Weg nach Hause.

Athenet: Sie haben zwei neue Nachrichten.
ACDC: Es ist schief gelaufen, ich weiß. Es tut mir leid! Kannst du mir verzeihen? Ich werde alles anders machen, alles! Bitte melde dich!
Carsmed: Feierabend?

Anne schnitt Pilze in Scheiben und Tomaten in Würfel, hackte eine Zwiebel und schlug drei Eier dazu in die Pfanne. Mit dem dampfenden Omelett auf dem Teller setzte sie sich auf die Stufe vor dem Haus und aß hungrig. Später goss sie sich einen Secco von einem örtlichen Weingut ein, der passte gut zum lauen Sommerabend. Dann kauerte sich Anne wieder auf die Stufe an der Haustür und zückte ihr Smartphone. Irgendwie musste sie ja schließlich auf die beiden Nachrichten antworten.

Luma: ACDC, das hat doch keinen Zweck! Bleib bei deiner Frau, rauf dich mit der wieder zusammen. Bitte schreibe mir nicht mehr.
Luma: Hallo Carsmed, ich habe deine Seite gelesen, das klingt auch sehr interessant. Ja, wir können uns gern mal treffen. Was hast du morgen Abend vor?
Carsmed: Dich treffen! Wann und wo?

Luma: Keine Ahnung. Wenn wir doch beide im PLZ-Bereich 67 wohnen, wäre dir Worms recht?
Carsmed: Gut! Um acht im Ohne Gleichen?
Luma: Gute Idee, da war ich schon lange nicht mehr. Am hintersten Tisch am Fenster?
Carsmed: Genau dort.

ACDC: Das kannst du nicht machen, ich will dich nicht vergessen!
Luma: Vergiss mich! Du bist aus Versehen in diesem Portal. Siehe oben!!!
ACDC: Hast du morgen Abend vielleicht Zeit? Ich würde dir das gern erklären.
Luma: Siehe oben!!!

Nervös trommelte Anne Mettenheimer auf ihrem Lenkrad herum, während sie nach Worms fuhr. Nun traf sie sich also schon wieder mit einem fremden Mann. War sie dafür eigentlich richtig angezogen? Hätte sie doch mal Lippenstift auftragen sollen? Hatte sie überhaupt noch einen? Anne drehte den Rückspiegel zu sich und stellte fest, dass sie sich zu Hause besser noch einmal gekämmt hätte. Aber ansonsten sollte der Typ sie lieber ganz alltäglich erleben – alles andere wäre Vorspiegelung falscher Tatsachen.

Hinter dem Komplex, der seit einigen Jahren für viel Geld modernisiert worden war und nun den angeblich hippen Titel *Das Wormser* trug, für alle aber das *Festhaus* geblieben war, fand sie einen Parkplatz und lief die kurze Strecke bis zum Café *Ohne Gleichen*, das seit Jahrzehnten in einem altehrwürdigen Sandsteinbau an der Bahnlinie fast in bester Stadtlage residierte. Hier traf man sich zum Brunchen, nach der Arbeit und häufig auch zu Veranstaltungen der Wormser Jazzszene. Unruhig stieg Anne die Stufen zum Eingang an der Ecke des Hauses hoch, bevor sie einen Blick längs durch das OG warf. Ganz hinten saß ein einzelner Mann. Hoffentlich war das Carsmed. Nicht, dass sie nachher noch einem anderen erklären musste, dass er besser diesen Platz räumen sollte, weil sie hier verabredet war. Obwohl: So konnte man ja auch jemanden kennenlernen. Anne holte noch einmal tief Luft, nahm ihren Mut zusammen und blieb am Tisch stehen: „Hallo, bist du Carsmed?“ Der Mann stand auf und gab Anne schlicht die Hand. „Setz dich doch!“, sagte er und wies auf den Stuhl gegenüber. Er selbst hatte auf der gepolsterten Bank am Kopfende des Raumes Platz genommen: Von hier aus hatte man einen guten Überblick, was sich im OG tat – oder welche Frau auf den Tisch zukam.

„Ja, also, ich heiße Anne“, sagte Anne und hoffte, man merkte ihr nicht an, wie unwohl sie sich in der Situation fühlte. „Carsten“, sagte der Mann gegenüber und fragte: „Was trinkst du? Einen Secco?“

„Och nee, ich brauch’ erstmal ein Bier, glaube ich.“

Carsten grinste und bestellte bei der Bedienung zwei Gläser Bier. Dann sagte er: „So, und jetzt sitzen wir hier. Das finde ich völlig merkwürdig, so eine Situation. Immerhin kennen wir uns eigentlich gar nicht.“

„Genau“, nickte Anne. „Aber keine Sorge, mir geht’s genauso, und das mit dem nicht Kennen, das soll sich ja heute ändern.“

Carsten stellte sich mustergültig vor: Arzt im Wormser Klinikum, daher stark eingespannt und noch nicht zur Familiengründung gekommen. Ja, zwar viele Krankenschwestern um ihn herum, die einen der Ärzte abbekommen wollen, aber man könne ja ruhig auch noch mal weiter die Fühler ausstrecken, meinte er. Ein wenig Tennis, ein wenig Golf, gelegentlich ein gutes Buch, das war's auch schon mit der Freizeit. Es störte ihn nicht, dass Anne Kinder hatte, im Gegenteil, wie praktisch, schon aus dem Gröbsten raus!

Anne und Carsten unterhielten sich drei Bier lang allerbestens, lachten miteinander, hatten zu allen Themen gemeinsame Anknüpfungspunkte. Gegen halb elf sah er auf die Uhr und erschrak: „Au weia, ich muss morgen um sechs aus dem Bett!"

„Ich auch", seufzte Anne.

„Dann brechen wir mal besser auf!", sagte Carsten und winkte der Bedienung.

Draußen vor dem Café wollte sich Anne gerade verabschieden, als Carsten sich mit der Hand vor die Stirn schlug: „Ich bin vielleicht ein Idiot!", rief er. „Kommst du schnell noch mit zu meinem Auto? Ich hab was vergessen!"

Er hatte ein paar Plätze hinter Annes Wagen geparkt und öffnete nun den Kofferraum. Dort lag quer über zwei Kartons und einem Edelstahlbehälter eine langstielige rote Rose in einer Folienverpackung. Carsten hob die Blume aus dem Kofferraum und schlug den Deckel wieder zu. „Hier", sagte er. „Die wollte ich dir eigentlich zur Begrüßung überreichen. Nun eben zum Abschied. War ein netter Abend mit dir!"

Anne nahm die Rose und bedankte sich. Wie ging das jetzt weiter? Musste sie ihn nach einem Wiedersehen fragen? Ging man einfach so auseinander? Carsten nahm ihr die Entscheidung ab: „Also, ich hätte es jetzt ein bisschen eilig, weil ich morgen einen harten Tag habe. Ich maile dir, okay? Mach's gut!"

Sie fühlte sich schon ein wenig stehengelassen, aber möglicherweise war er ja genauso unsicher gewesen, und das war nun dabei herausgekommen, dass sie beide keine Ahnung hatten, was sie tun sollten. Obwohl der Abend ja auch gar nicht so schlecht gewesen war: Dass man immer gleich „Zu mir oder zu dir?“ fragte, das kam doch bloß im Film vor, oder?

Zu Hause stellte Anne die Rose in eine Vase am Fenster neben ihrem Esstisch und räumte noch ein wenig in ihrer Küche herum. Der Mann war ja gar nicht mal so unsympathisch gewesen. Er war gebildet, sah mit seinen kurzen, dunklen Haaren und den braunen Augen nicht schlecht aus, suchte keine Ersatzmutter und hatte zumindest auf den ersten Blick nicht so eine Macke wie der ACDC-Andreas. Falls er sich meldete, würde Anne sich auf jeden Fall noch einmal mit ihm treffen. Und falls er sich nicht meldete, würde sie ihm schreiben. Doch, ja!

Ich fühle mich wohl hier am Institut. Zwar muss der Leiter mit Samthandschuhen angefasst werden, aber dieser Umstand eint den Rest der Belegschaft, sodass ein sehr angenehmes Arbeitsklima herrscht. Ich glaube fast, ich bin der Einzige, der immer mal wieder etwas unruhig wird. Das liegt einfach an den vielen neuen jungen Ärztinnen und Schwestern, die regelmäßig bei uns anfangen. Das geht den anderen auch so, obwohl die meisten verheiratet sind. Nicht, dass die Ärztinnen nicht an mir interessiert wären, aber ich gebe zu, ich habe da einfach Schwierigkeiten mit Frauen auf Augenhöhe. Ich bin wohl konservativ. Soweit ich weiß, bin ich der Einzige, der noch immer nicht in festen Händen ist. Ich erzähle meinen Kollegen gern davon, wo und wie ich mit meiner Freundin das Wochenende verbracht habe. Das ist eine hervorragende Tarnung. Außerdem tröstet es mich selbst ein wenig.
Es könnte alles so schön sein.

„Sie will nicht!“

„Was?“ Anne Mettenheimer verstand gar nichts. Norbert Olmer saß auf seinem Bürostuhl und schlug genervt mit einer Faust auf den Tisch, als sie den Raum betrat.

„Die Staatsanwältin unterstützt uns nicht. Sie findet, da könnten wir ja jeden verdächtigen: Es sei keinesfalls irgendwie zu belegen, dass einer der Männer etwas mit dem Verschwinden von Frau Dexheimer zu tun habe. Ob wir auch ihren Gemüsehändler und ihren Postboten durchleuchten wollten, musste ich mir anhören.“

Matthes Horrweiler war auf der Suche nach einem frischen Kaffee dazu gekommen und brummelte: „Ja, und wenn dann hinterher rauskommt, dass euer Verdacht richtig war, heißt es wieder, die Polizei habe nix gemacht. Ist doch immer das Gleiche!“

Olmer nickte schweigend. Dann hatte Horrweiler eine Idee: „Anne, du könntest dich doch einfach auf dieser Seite anmelden und so tun, als würdest du auch suchen, statt dessen aber eben recherchieren und versuchen, an die Männer ranzukommen und sie vielleicht sogar zu treffen. Das wär ja nix Verbotenes – wir haben doch eh grad nix Besseres vor, oder, Norbert?“

Der Chef des K1 blickte seine Kollegen an: „Aber mit solchen Partnervermittlungen hat sie doch überhaupt keine Erfahrung, wie soll sie denn da Erfolg haben?“ Anne blickte extrem angestrengt in den offenen Aktenordner vor ihr auf dem Tisch, merkte, wie ihr der Schweiß ausbrach und hoffte, sie werde nicht gleichzeitig puterrot.

„Na ja, aber andererseits: Schaden kann es ja nichts. Dann mach mal, Anne!“, sagte Olmer. Horrweiler musste lachen: „Womöglich findest du da auch noch für dich den Mann deines Lebens!“

Olmer grinste, während Anne versuchte, möglichst gelangweilt zu wirken, als sie lässig abwinkte: „Pah, was glaubt ihr, wer sich da tummelt? Die Clooneys dieser Welt ganz sicher nicht!"

Als „Kriminaltango" hatte Anne sich innerhalb kürzester Zeit ein neues Konto bei *Athenet* angelegt. Das dienstliche. Schon wenige Minuten nach dem Einstellen ins Netz hatte sie eine erste Reaktion:

> Gabriel37: Cooler Name! Ein a am Ende fände ich aber noch besser!

Anne löschte diesen Beitrag gleich wieder und klickte sich durch einige Ich-Seiten, bevor sie gezielt die von Charly, CityMan und Meddoc aufrief.

> Kriminaltango: Hallo Charly, deine Ich-Seite gefällt mir. Meld dich doch mal!
>
> Kriminaltango: Hallo CityMan, deine Ich-Seite gefällt mir. Meld dich doch mal!
>
> Kriminaltango: Hallo Meddoc, deine Ich-Seite gefällt mir. Meld dich doch mal!

So, nun galt es abzuwarten. Anne Mettenheimer blickte auf den Stapel mit Papieren, die noch zu ändern oder zu vervollständigen waren, wozu sie im regulären Betrieb wenig bis keine Zeit gefunden hatte. Wie in jedem Sommer: Die Banditen machten wie alle Leute große Pause, schien es. Sollte sie sich noch an den Stapel wagen? Dann wäre er wenigstens abgearbeitet. Andererseits war gutes Wetter und sie hatte überhaupt keine Lust zu Papierkram. Nachdem sie die ersten zwei Mappen lustlos bearbeitet hatte, siegte die Neugier und Anne öffnete ihren Account bei *Athenet.*

> Carsmed: Anne, du bist eine tolle Frau, man kann prima mit dir reden. Es war ein schöner Abend gestern!
>
> Luma: Stimmt. Und: DANKE für das Kompliment.

Carsmed: Ich könnte mir vorstellen, dass wir gute Freunde werden. Aber mehr auf Kumpelbasis, verstehst du, was ich meine? Tut mir leid, weil du total nett bist, aber äußerlich eben leider nicht mein Typ. Bitte nicht sauer sein! Alles Gute! Carsten

Na klasse, das war ja super gelaufen! Wie viele Frösche kamen eigentlich vor dem Traumprinzen? Gab es da eine Erhebung?

Athenet: Sie haben drei neue Nachrichten.

CityMan: Hallo, schön, dass du mich angeklickt hast. Wir können uns gern mal treffen, das ist doch besser als das ewige Schreiben. Ich wohne in Ludwigshafen und bin Ingenieur bei der BASF, arbeite momentan eine ganze Menge. Wie passt es dir am Wochenende?

Meddoc: Hi, freut mich! Wenn du magst, können wir uns mal treffen. Ich wohne im Raum Worms, und du?

Charly: Sorry, aber ich bin raus aus dem Rennen: Ich hab mich wieder mit meiner Frau versöhnt, aber hab hier noch bis Monatsende bezahlt. Bin also nicht mehr zu haben!

Kriminaltango: CityMan, danke für deine Antwort! Schick mir doch mal ein Foto von dir. Ich hänge dir meines hier an. Wochenende passt gut. Wann und wo denn?

Kriminaltango: Meddoc, danke für deine Antwort! Schick mir doch mal ein Foto von dir. Ich hänge dir meines hier an. Worms trifft sich gut! Wann und wo?

Anne schickte beiden ein Foto mit, das sie aus ihrer Datenbank gefischt hatte und vermutlich ein Model aus Weißrussland oder von sonstwo zeigte, das sein Konterfei für Geld weltweit zur Nutzung freigab. Die Frau sah ihr entfernt ähnlich, aber mehr musste ja auch nicht sein.

Annes Diensttelefon klingelte. Sie nahm ab und sagte wie immer: „Mettenheimer, K1, guten Tag!“

„Ja, ich bin’s!“

„Mama, ist was passiert? Du sollst doch sonst nicht ...“

„Das kannst du aber laut sagen!“, tönte Mama Mettenheimer aufgeregt aus dem Hörer.

„Also, die, nein, das ist, also, das kann man sich ...“, verhedderte sie sich in mehreren Satzanfängen, die alle nicht recht zu passen schienen.

„Mama, hol doch mal tief Luft und sag mir dann in aller Ruhe, was los ist!“, riet Anne und goss sich einen Kaffee ein, denn sie wusste: Ein Telefonat mit Mama, das konnte dauern.

„Also, die Elfi, die ist weg!“, schnaufte ihre Mutter schließlich.

„Die Elfi Hecker?“, fragte Anne, denn die Nachbarin ihrer Eltern an der Oberen Blenz in Westhofen war die erste Elfi, die ihr einfiel.

„Genau die!“

„Wieso ist die weg?“

„Ja, was weiß ich! Aber die ist seit vier, fünf Tagen weg. Einfach verschwunden!“

„Ach was, die Elfi doch nicht!“, protesierte Anne. Elfi Hecker kannte sie quasi ihr Leben lang, zumindest seit Elfi und Bernd geheiratet hatten und sie zu ihm gezogen war. Seinen Winzerhof hatte er an der Oberen Blenz betrieben, bis er vor einigen Jahren im Weinberg gestorben war: Man hatte in der Gegend schnell vom „Winzerfluch“ gesprochen, denn außer Bernd Hecker waren mehrere Winzer aus zunächst ungeklärten Umständen plötzlich gestorben.

Anne hatte ihn damals in seinem Trullo liegen gesehen und seine Frau trösten müssen, die ihn gefunden hatte. Seitdem bewunderte sie, wie Elfi Hecker versuchte, ihr Leben und ihr Weingut in den Griff zu bekommen, weil schließlich mehrere Angestellte von ihr abhängig waren. Konsequent setzte sie weiter um, was Bernd Hecker begonnen hatte. So jemanden nannte man wohl eine starke Frau. Aber dass sie plötzlich ausscherte und sich um nichts mehr kümmerte? Einfach in Urlaub fuhr? Und als Winzerin ausgerechnet im Juli? Niemals!

„... kann das ja auch zusammenhängen!", rief Mama Mettenheimer gerade besorgt. Anne hatte vor lauter Erinnerungen an Elfi Hecker und den Tod ihres Mannes ihrer Mutter nicht mehr zugehört. Was hing da jetzt zusammen?

„Hörst du mir überhaupt zu?"

„Jaja, doch, natürlich!", stammelte Anne. „Aber ich hab das eben nicht ganz verstanden: Erklär mir das doch bitte nochmal, Mama!"

Ihre Mutter seufzte und begann: „Also, soweit ich weiß, hat die Elfi einen kennengelernt. Einen Mann. Der war aber noch nie bei uns in der Straße."

„Und woher weißt du das dann?", fragte Anne. Das würde ja mal wieder ausgehen wie immer: Mama Mettenheimer hörte die Flöhe husten und wusste mehr als die Polizei erlaubte!

„Na hör mal! Der Bernd ist jetzt sechs Jahre tot, oder nein, schon sieben, und nie hat sich die Elfi dermaßen schick gemacht, wenn sie aus dem Haus gegangen ist. Weißt du, so mit Handtasche und Halstuch und Lippenstift und allem!"

In der Tat, das konnte man schon beinahe ungewöhnlich nennen: Elfi Hecker war kaum jemals aus ihrer Arbeitskleidung heraus gekommen in den letzten Jahren, hatte auch Anne beobachtet. Aber warum sollte gleich ein Mann dahinterstecken, nur weil sie sich jetzt offensichtlich etwas mehr Freizeit gönnte?

„Wir haben sie seit Tagen nicht gesehen, also, auch der Papa nicht."

Das wollte schon etwas heißen, wenn Hermann Mettenheimer von ihrer Mutter als verlässliche Instanz in den Zeugenstand gerufen wurde!

„Wart ihr denn mal auf dem Hof?"

„Natürlich, was denkst du denn!", regte Mama Mettenheimer sich auf. „Die beiden Rumänen, die dort schaffen, und die Frau Beisel im Büro und der Lehrling, der kleine Balz, haben sie genauso lange nicht gesehen."

„Und warum kommt von denen keiner und sagt uns das?"

„Ach, Kind, die wissen doch auch, dass ich einen guten Draht zur Kriminalpolizei habe!", erklärte Annes Mutter.

„Okay, weißt du was, du kannst denen auf dem Heckerschen Hof sagen, ich käme heute Abend so gegen sieben mal vorbei. Und danach will ich bei dir ein Abendessen abstauben, geht das?"

„Verlass' dich drauf! Ich sag dem Papa schon mal, dass er eine gute Flasche kalt stellt."

Als sie den Hörer auflegte, musste Anne schmunzeln: Als hätte ihr Vater nicht sowieso immer eine ganze Reihe von guten Flaschen mit der richtigen Temperatur parat!

Gegen Abend parkte Anne Mettenheimer ihr Auto vor dem Haus in der Osthofener Tempelgasse, zog sich ihre Jeans-Shorts und ein frisches T-Shirt an und schwang sich auf's Rad, um in Westhofen nach dem Rechten zu sehen. Den ganzen Tag über hatte sie im Büro gesessen, sodass sie sich nun auf die Bewegung freute. „Wüstenwind", dachte Anne, weil der Wind auf dem Radweg zwischen den beiden Orten so überhaupt nicht kühlte. Dann schoss ihr durch den Kopf, dass damals, als sie die Leiche vom armen Bernd Hecker im

Gundersheimer Höllenbrand gefunden hatten, genau solches Wetter geherrscht hatte. Rheinhessen war zwar schon immer vom Klima begünstigt gewesen, nicht umsonst gab es den Namenszusatz „Toscana Deutschlands", aber Anne glaubte, den Klimawandel in den letzten Jahren deutlich zu bemerken: Immer früher blühten die Krokusse, immer nasser wurde der Mai, immer trockener die Sommer, und wenn es regnete, dann gleich sintflutartig. Und an weiße Winter mit nennenswerten Schneehöhen konnte sich auch niemand mehr so recht erinnern. Kurz hinter Mühlheim pflügte ein Bauer sein Feld neben dem Radweg. Auch die Ernte setzte immer früher ein! Anne radelte durch Staubwolken, musste furchtbar husten und bemerkte feinen, braunen Staub, der auf ihrer geschwitzten Haut kleben blieb. Na wunderbar, da gab sie ja gleich ein tolles Bild ab: Panierte und streng riechende Kommissarin mit Sturmfrisur! Sie hätte ja auch mit dem angenehm klimatisierten Auto fahren können, aber irgendwie war das eine Frage der Ehre: Kurze Strecken wie die fünf Kilometer zwischen Ost- und Westhofen mussten nicht mit dem Auto zurückgelegt werden. Wenigstens sie wollte nicht noch zum überhohen Verkehrsaufkommen gerade in der Osthofener Innenstadt beitragen, das ohnehin zum allergrößten Teil von Einwohnern und nicht von Auswärtigen verursacht wurde.

In Westhofen angekommen strampelte Anne den Heerweg hoch, um gleich darauf in die Obere Blenz abzubiegen, an der ihr Elternhaus und auch der Hof von Elfi Hecker standen. Es musste einfach so gehen: Anne beschloss, ihre Panade zu ignorieren und ohne Grundreinigung auf dem Winzerhof einzulaufen. Sie bog durch die Hofeinfahrt, stieg vom Rad und lehnte es neben der Haustür an die Bruchsteinwand des Wohnhauses. Im gleichen Moment tauchte eine ältere Frau im Türrahmen auf. „Anne, wie schön, dass du kommst und nicht irgend so ein Mann in Uniform!“

„N’ Abend, Frau Beisel“, begrüßte Anne sie lachend. „Wir bei der Kripo tragen eigentlich nie Uniform.“

„Nein, nein, ich meine doch, dass es gut ist, dass ich dich schon kenne, da kann man doch besser reden, findest du nicht?“

„Doch, ja“, stimmte Anne zu. Helma Beisel arbeitete sicher schon seit vierzig Jahren als gute Seele auf dem Hof, meist im Büro, aber wenn dringende Arbeiten in der Halle oder im Keller anfielen, packte sie auch dort mit an. Noch nie hatte Anne die alte Frau Beisel anders gesehen als im „Kittelschorz“, einem Hauskittel, den sie meist in Hellblau trug. Und immer Nylonstrümpfe darunter, sommers wie winters. Wenn es ganz besonders kalt war, kamen höchstens mal gefütterte Stiefel und ein untergezogener Rolli dazu, aber der Kittelschorz war Gesetz.

Helma Beisel bedeutete Anne, ihr zu folgen. Am Gartentisch im hinteren Teil des Hofes saßen zwei junge Männer und ein Junge in Arbeitskleidung: Die rumänischen Helfer und der Lehrling. Anne nickte allen kurz zu, setzte sich und fragte: „Wie lange hat man die Frau Hecker jetzt schon nicht mehr gesehen?“

„Vier Tage. Auf die Stunde genau“, sagte Helma Beisel. Der Lehrling nickte. „Dabei wollte sie mit mir noch die Unterlagen für die Berufsschule durchgehen, sowas hätte sie nie vergessen. Der ist bestimmt was passiert!“

„Warum?“, wollte Anne wissen, aber alle bestätigten nur noch einmal, dass Elfi Hecker niemals ihren Betrieb im Stich gelassen hätte, ohne eine Kontaktadresse zu hinterlassen oder sich um die Belange ihrer Leute zu kümmern. „Weißt du, Anne, die Chefin hat uns sogar, wenn sie einmal im Jahr für eine Woche in Urlaub gefahren ist, eine Notrufnummer aufgeschrieben, falls sie in den Bergen mal in einem Funkloch sein sollte und nicht per Handy erreichbar wäre. So jemand lässt doch nicht einfach alles hinter sich!“

„Ja, und warum auch“, meinte Anne. „Aber ich habe da sowas läuten gehört, da wär’ ein Mann im Spiel gewesen?“

„Ach, Anne, hast du das von deiner Mama?“, wollte die alte Beisel wissen. „Na ja, kann sein, kann nicht sein. Sie hat nicht darüber gesprochen, aber uns ist schon aufgefallen, dass sie sich in letzter Zeit öfter mal wieder sehr schick gemacht hat und abends weggegangen ist – und zwar nicht hier ins *Deutsche Haus* oder so, sondern mit dem Auto weg in die Stadt. Ja, und vor vier Tagen auch, denn das Auto ist weg und sie auch.“

„Gut“, sagte Anne. „Wenn ihr wollt, dass eure Chefin als vermisst gemeldet wird, muss einer von euch am besten gleich morgen früh bei der Polizei Anzeige erstatten. Das geht nicht so auf dieser Schiene, das muss offiziell sein. Aber wenn ihr wollt, kann ich mich ja schon mal im Haus umsehen, ob mir was auffällt. So ganz privat, weil wir ja noch keinen Fall haben, noch keinen Verdacht, so lange niemand Anzeige erstattet hat.“

Alle vier nickten stumm. Helma Beisel sagte schließlich: „Wir haben uns ja auch schon umgeguckt. Aber vielleicht fällt dir was auf. Je schneller die Suche losgehen kann, desto besser!“ Dann stand sie auf und nahm Anne mit ins Haus, wo die Kommissarin sich umsah: Elfi Hecker ging es nicht schlecht, der Qualität der Möbel nach zu urteilen. Sie bewies einen sicheren Stil mit viel Holz und sparsam eingesetzten kräftigen Farben, und Anne fand, sie habe selten eine so geschmackvoll eingerichtete Wohnung betreten. Ein Hinweis darauf, wo Elfi Hecker hingefahren sein mochte, fand sich aber nicht. Nicht einmal im Terminkalender im Büro.

„Was ist mit dem Computer?“, fragte Anne. Helma Beisel zuckte mit den Schultern. „Der Jeremy kennt das Passwort für den hier im Büro, damit einer dran kann, falls der Chefin was passiert, aber da haben wir alles durchgeguckt, da ist nichts.“

„Jeremy, das ist der Lehrling, der draußen sitzt?“ Die alte Beisel nickte. „Sicher hat sie auch einen privaten Computer, oder?“

„Ja, so ein ganz modernes Ding, ganz flach und ohne Tasten. Ich kenn mich da ja nicht so aus, aber da hat sie wohl alles drin, was wichtig ist. Privat, meine ich. Das Ding hat sie bestimmt in der Handtasche mitgenommen.“

Anne fasste zusammen: „Dann geht es jetzt folgendermaßen weiter: Anzeige erstatten, Auto finden, Tablet finden.“

„Ach, es ist doch gut, wenn man jemanden bei der Polizei kennt!“, seufzte Helma Beisel zum Abschied.

> Meddoc: Hallo Kriminaltango, kennst du die Strandbar? Morgen Abend um acht?
> Kriminaltango: Ich habe aber noch nicht mal ein Foto von dir, wie erkenne ich dich?
> Meddoc: Lass dich doch mal überraschen. Ich werde dich erkennen, ich habe ja dein tolles Foto. Ansonsten: Ich werde mich ganz nah ans Wasser setzen. Soll ich den Platz für dich mit einer Rose freihalten?
> Kriminaltango: Wie du willst. Dann bis morgen, ich freue mich.

Anne schob ihr Handy zurück in die Hosentasche. Morgen Abend hatte sie also ein dienstliches Date mit einem Mann. Hoffentlich kam sie da bloß nicht durcheinander mit all den Codenamen, Fotos, Rosen, Treffpunkten und Lebensgeschichten. Und hoffentlich ließ sich der Mann tatsächlich erkennen. Was auf sie mit ihrem Agentur-Foto ja schon mal nicht zutraf.

Hermann Mettenheimer hatte einen Grauen Burgunder vom Morstein entkorkt. „Der ist von nebenan“, sagte er, als er seiner Tochter das erste Glas damit füllte.

„O je, hoffentlich wird der jetzt nicht besonders wertvoll!“

„Wieso?“, wollte Mama Mettenheimer wissen.

„Na, falls der Elfi was passiert ist, wird es keinen Hecker-Wein mehr geben.“

„Ach so! Ja, und, ist ihr denn was passiert?“

„Keine Ahnung. Sie ist nicht mit großem Gepäck los, ihre Schränke sind voll. Möglicherweise hat sie eine kleine Tasche dabei, aber sicher nicht für länger geplant. Das Auto ist aber auch weg, und ihr Tablet hat sie wohl dabei. Das spricht für ein geplantes, aber nicht sehr langes Vorhaben außer Haus.“

„Was ist mit dem Mann?“

„Ach, Mama, deine Vermutungen immer! Lass uns doch erstmal rauskriegen, ob die Elfi nicht bloß zu einem Weinhändler gefahren ist, auf dem Rückweg noch eine Freundin besucht hat und dort einfach hängen geblieben ist.“

„Ach was!“, widersprach Mama Mettenheimer energisch, „Da hätte sie sich doch wenigstens im Weingut abgemeldet! Sie sagt der Helma sonst immer Bescheid!“

Dass Anne das auch sehr bedenklich fand, dass die zuverlässige Elfi einfach so abgetaucht war, verriet sie ihrer Mutter lieber noch nicht. Irgendjemand musste ja noch ein wenig Zuversicht ausstrahlen!

„Was gibt es denn zum Grauburgunder zu essen?“, fragte Anne.

„Tapas.“

„Hä?“ Anne kannte den Begriff zwar, aber aus dem Mund ihrer Mutter hatte sie ihn noch nie gehört, geschweige denn Tapas aus ihrer Küche zu essen bekommen.

„Gell, da staunt ihr!“, sagte Käthe Mettenheimer stolz. „Das ist jetzt überall en vogue, Tapas sind der letzte Schrei, da muss ich sowas ja auch mal machen. Die Elfi hat mir sogar ein Kochbuch dazu geliehen.“

„Und was ist das genau?“, fragte Hermann Mettenheimer, der nach einem arbeitsreichen und heißen Tag in seinem Obstgarten großen Hunger verspürte und angesichts „neumodischer“ Kochrezepte irgendetwas schrecklich Kalorienreduziertes, Kohlehydratfreies oder Fettarmes auf dem Teller befürchtete. Doch als seine Frau die vielen Schüsselchen auf den Tisch stellte, die sie vorbereitet hatte, strahlte er: „Saa's doch glei, laurer Dippscher zum Munkele!“

„Das sind rheinhessische Tapas!“, belehrte ihn seine Frau.

Anne lachte und lud sich den Teller randvoll.

„Was machen eigentlich die Kinder?“, fragte Mama Mettenheimer.

„Och, lange nichts gehört. Vorgestern haben sie geschrieben, es regne immer noch. Aber wenn man nichts hört, ist ja meist alles in Ordnung“, sagte Anne und aß weiter mit großem Appetit.

„Und bei dir?“

„Wie, bei mir?“

„Triffst du dich endlich mit jemandem? Also, einem Mann natürlich!“

„Mama!“

„Ist doch wahr, Kind, so geht das nicht weiter. Du bist eine Frau in den besten Jahren, und bevor du gar keinen mehr abkriegst ...“

„Na, schönen Dank!“, unterbrach Anne.

„Weißt du, der Karlfried, der ist ja auch wieder zu haben.“

„Ach, Mama, lass das doch endlich! Ich kenne den doch gar nicht und ich will den auch nicht kennenlernen.“

„Aber natürlich kennst du den Karlfried! Der ist doch unser Steuerberater!“

„Ach“, fragte Anne, „der, den du mir vor ein paar Jahren schon mal vorgeschlagen hast, als ihn seine Gabriele verlassen hatte und er mit dem großen, dicken, neuen BMW so ganz alleine da saß? Mama, das kann nicht dein Ernst sein!“

„Wieso nicht? Der Karlfried hat einen soliden und einträglichen Beruf, krisensicher noch dazu. Die Gabriele war sowieso ein loser Vogel, und dass er jetzt mit der Aljona so ein Pech hatte, dafür kann er ja nichts. Die hat ihn nur geheiratet, damit sie in Deutschland bleiben kann. Kaum war die Frist rum, hat sie sich scheiden lassen. Und er musste richtig viel bezahlen.“

„Ach je, der Arme!“ Anne schob sich noch ein Stück Weißbrot in den Mund. „Da langt's sicher nicht mehr für den BMW, was!“

„Und ob! Der Karlfried fährt jetzt ja einen funkelnagelneuen SUV!“

Anne staunte, dass ihre Mutter mit derlei Begriffen um sich warf, was den Mann für sie aber auch nicht interessanter machte.

Hermann Mettenheimer schüttelte den Kopf: „Käthe, seit wie vielen Jahren versuchst du nun schon, unsere Anne zu verkuppeln? Gib's doch auf, das kann sie doch selbst, sich einen Mann suchen!“

„Ha, das hat man ja gesehen! Erinnerst du dich an diesen Motorradfahrer ganz in Leder? Und an diesen langhaarigen Leichenschnippler? Und der einzige Ehemann war ja leider auch ein Fehlgriff, anders kann man's nicht sagen. Da soll eine Mutter dem Glück ihres einzigen Kindes nicht nachhelfen wollen!"

Kein Entkommen! Anne hörte nicht mehr hin, als ihre Mutter weiter über die Vorzüge des Steuerberaters referierte. Gelegentlich nickte sie und streute ein „Aha!" oder ein „Soso!" ein, aber ansonsten versenkte sie ihre Gedanken im kühlen Grauburgunder. Irgendwann stand Anne einfach auf und verkündete: „Ich bin hundemüde und muss nach Hause. Danke für das gute Essen!"

„Wie, du willst jetzt schon fahren?", fragte ihre Mutter.

„Es ist immerhin gleich zehn."

Draußen vor dem Haus fragte Mama Mettenheimer: „Was, du bist mit dem Rad da? Hermann, fahr sie doch schnell nach Hause!"

Hermann Mettenheimer bekam einen Schrecken, denn nach drei Grauburgundern wäre er – wie beinahe jeder Rheinhesse – problemlos noch Auto gefahren, aber doch nicht ausgerechnet mit einer Polizistin an Bord!

„Mama, lass nur. Ich fahre gern mit dem Rad, und jetzt werde ich endlich auch ein bisschen Abkühlung bekommen."

„Aber es ist viel zu dunkel, wenn dir unterwegs was passiert!"

„Mama, hallo! Ich habe Licht am Rad und kann mich notfalls selbst verteidigen. Was soll also passieren? Außerdem begegnet mir auf der Strecke garantiert kaum jemand: Die meisten fahren doch Auto. Gute Nacht, ihr zwei!"

Und damit stieg die Kommissarin auf ihr Rad und strampelte Richtung Heimat.

Es war ganz einfach. Sie hat auf Sex spekuliert. Kunststück, sie war offensichtlich sieben Jahre lang ohne Mann und total ausgehungert! Dabei gibt es so viele andere Dinge, die einen Mann und eine Frau zusammenhalten können!

Ich habe sie in die Wanne im hinteren Labor gelockt, und sie hat mir sogar den Gefallen getan, nackt hineinzusteigen. So bin ich die Kleider viel einfacher losgeworden. Die K.O.-Tropfen im Secco hat sie nicht bemerkt und ist schnell eingenickt. Den speziellen Badezusatz, von dem wir im Institut weiß Gott genug vorrätig haben, auch nicht. Das merkt bei uns kein Mensch, wenn ich da etwas abzweige. Natürlich, die verbrauchten Mengen müssen wir jeweils notieren, aber wenn am Ende etwas fehlt, meine Güte, wer sollte darauf kommen, dass ich das gewesen bin?

Sie lag komplett im Dampf und ist ganz schnell erstarrt. Ich habe dann meine Plane vor die Wanne gelegt, sie herausgezogen und dann mit dem Hammer getan, was ich tun musste. All die kleinen Krümel habe ich sorgfältig in die Müllsäcke gefüllt und zu den anderen getragen, die zuverlässig abgeholt werden. Dann aber kam plötzlich ein Kollege den Gang entlang, sodass ich den letzten und nur wenig gefüllten Sack einfach mit nach draußen genommen habe. Es war dunkel, niemand hat gesehen, was ich ausgestreut habe. „Asche zu Asche" ging mir dabei durch den Kopf. Man wird nichts finden. Man wird ja auch nicht suchen.

„Habt ihr Kaffee?“, fragte Kriminalhauptkommissar Norbert Olmer fürsorglich zu Beginn der Teambesprechung des K1 in der Wormser Hagenstraße. Alle nickten. „Gibt es was Neues von Dieter?“

Kollege Dieter Wiesen hatte nach zwei Bandscheibenvorfällen und einer Operation endlich eingewilligt, in Kur zu gehen. Nun saß er im Allgäu und musste täglich das verordnete Programm mitmachen. Was ihm körperlich nicht schwerfiel, wohl aber menschlich: Die vielen gut gelaunten und überaus kommunikativen Mitpatienten gingen ihm gewaltig auf den Wecker, aber da musste er wohl durch. Alle paar Tage schickte er eine sehnsüchtige Mail an seinen Bürokollegen Rolf Iben, der heute jedoch nichts Aktuelles von ihm zu berichten hatte.

Olmer ordnete umständlich seine Krawatte und Anne registrierte, dass sie neu sein musste: gelbe Streublumen auf grünem Untergrund zum beige-weiß gestreiftem Kurzarmhemd. Wo Gertrud Olmer die Outfits für ihren Gatten immer auftrieb, war ihr ein Rätsel. Sie selbst kam schließlich schon ihr Leben lang mit zwei paar alten Jeans, ein paar T- und Sweatshirts und Turnschuhen aus.

Nun stand Olmer auf. „So, wir haben da heute ganz früh eine Vermisstenanzeige rein bekommen, und du wüsstest bereits Bescheid“, sagte er und sah zu Anne hinüber. Sie nickte und beschrieb, was die Angestellten im Weingut Hecker ihr berichtet hatten. Rolf Iben strahlte in seinen Laptop: „Das ging aber flott!“, freute er sich. „Kollegen, das Auto von Frau Hecker ist schon gefunden!“

„So schnell?“, fragte Norbert Olmer irritiert.

„Das steht auf der Autobahnraststätte Wonnegau-Ost, die wollten es gerade abschleppen lassen, als unsere Anfrage rundgeschickt wurde. Nun dürfen wir es erstmal vor Ort angucken, bevor es abgeholt wird.“

„Oh, na dann mal los!“, meinte Olmer. „Matthes, pack deinen Koffer und fahr mit Anne und mir. Rolf, du könntest in der Zwischenzeit noch ein wenig im Computer forschen, ob du Spuren von Frau Hecker findest. Ihre Eltern als einzige direkte Verwandte haben uns schon die Genehmigung zu alldem gegeben. Sie machen sich ja genauso große Sorgen wie die Mitarbeiter im Weingut.“

Zufrieden griff Rolf Iben nach dem Laptop und machte sich auf den Weg in sein Büro. Endlich etwas, das wie ein Fall aussah.

Er war ordentlich abgestellt, die Türen waren verriegelt, aber Autos knacken gehörte zu den Spezialdisziplinen von Matthes Horrweiler, sodass Elfi Heckers Kombi schnell auch von innen angesehen werden konnte. Er nahm Fingerabdrücke am Lenkrad und an den Türen ab und suchte vor allem den Fußboden des Wagens ab, wo er mehrere Haare sicherte. „Verschiedene!“, stellte Horrweiler zufrieden fest. Anne Mettenheimer interessierte sich viel mehr für die Tasche von Elfi Hecker, die auf dem Rücksitz stand und tatsächlich das Tablet enthielt, von dem die alte Frau Beisel gesprochen hatte. Tablet, Geldbeutel, Wagenpapiere, Taschentücher, ein Lippenstift, ein Notizblock, zwei Kugelschreiber, einige alte Tank- und Parkquittungen, mehr fand sich in der Tasche nicht.

Olmer gab das Zeichen zum endgültigen Abschleppen des Autos, nachdem klar war, dass auf den ersten Blick nicht zu erkennen war, dass hier ein Verbrechen stattgefunden haben könnte. Beim Tankwart erkundigte er sich anschließend nach den Aufzeichnungen der Kameraüberwachung und kam verdrossen zurück: „24 Stunden lang heben die das auf. Wir bräuchten ja länger zurückreichende Videos. In diesem Fall schade, dass die die Vorschriften hier so genau nehmen!“

„Was ist, essen wir gleich zu Mittag?", fragte Norbert Olmer, der im Einsatz gern die Gelegenheiten nutzte, zu einem Essen zu kommen. Oft genug mussten Pommesbuden unterwegs oder mitgebrachte Butterbrote reichen, da lockte die Autobahnraststätte schon enorm. Aber Anne drängte darauf, im Büro mit Iben zusammen zu erforschen, was das Tablet hergab. „Von der Hagenstraße aus kannst du doch auch was zu essen kriegen!", murrte Anne und ließ sich schon mal auf den Beifahrersitz des Dienst-Passats fallen, damit nur ja keine Zweifel aufkamen.

Der rheinhessische Sommer hatte die Gegend wieder fest im Griff, die Hitze flimmerte über dem Asphalt und Anne fragte sich auf der Heimfahrt, ob es nicht ein Fehler gewesen war, nicht auch noch diese Woche Urlaub genommen zu haben und am Baggersee im Schatten und mindestens mit den Füßen im Wasser zu liegen. Auch Olmer schwitzte heftig, sodass er sogar die bunte Krawatte abnahm und während der Fahrt mit Schwung auf die Rückbank beförderte, wo Matthes Horrweiler sie abbekam und schimpfte: „Mann, Norbert, deine bunten Fähnchen kannst du bei dir behalten!" Olmer öffnete seine obersten Hemdenknöpfe und fragte mit einem Blick in den Rückspiegel: „Wieso bunte Fähnchen?" Horrweiler antwortete: „Ach komm, Norbert, das sagen wir alle dir doch schon seit Jahren, dass du von deiner Gertrud immer ziemlich farbenfroh ausgestattet wirst."

„Aber bunt ist modern, sagt sie immer!"

„Ja, schon, aber hier in Rheinhessen gibt es ja auch noch den Begriff „bundisch", und der trifft's bei dir eher. Scheckig bunt, wüst bunt, unüberlegt bunt, aber weder modern noch schön. Sorry, Chef!"

Brummelnd konzentrierte Olmer sich wieder auf die Straße.

Als der Dienstwagen im Hof der Wormser Polizeidirektion geparkt war, erbot sich Olmer, für alle Mittagessen aus der Stadt zu holen. Die paar Meter zu Fuß ums Rathaus herum und in die Fußgängerzone ging er immer gerne, gab es doch so verlockende Dinge wie Fischbrötchen oder Puddingteilchen mitzunehmen. Matthes und Anne gaben ihre Bestellungen auf, und während Olmer sich Richtung Stadtmitte aufmachte, begannen seine Kommissare mit der Arbeit: Matthes wollte die Fingerabdrücke auswerten, Anne sich mit dem Tablet beschäftigen.

Oben im Büro staunte Anne nicht schlecht: Auch Elfi Hecker gehörte zu denjenigen, die ihre Daten nicht mit einem Passwort gesichert hatte. Es gab erstaunlich viele Menschen, die zwar ihre geschäftlichen Daten sicherten, die privaten aber nahezu öffentlich zugänglich ließen. So hatte Anne kein Problem, in Windeseile herauszufinden, dass auch Elfi Hecker auf der Suche nach etwas Glück war: Sie hatte sich eine Seite bei *Athenet* eingerichtet und dort auch mit mehreren Männern regelrecht geflirtet. Allerdings nur online. Getroffen hatte sie sich lediglich mit einem, und als sie diesen Namen las, wurde Anne klar, dass sie ganz sicher einen Fall hatte, denn das konnte kein Zufall sein: Sowohl Birgit Dexheimer als auch Elfi Hecker waren alleinstehend, hatten ein Konto bei *Athenet* und beide denselben Mann getroffen: Meddoc!

Als sie diese Entdeckung ihrem Chef berichtete, der, gefolgt vom hungrigen Matthes Horrweiler, eben das Büro betrat und mehrere Papiertüten und Warmhalteverpackungen mit dem Mittagessen des K1 ablegte, sagte Olmer nur: „Ja, los, dann nimm doch mal Kontakt mit dem auf über dein eigenes Konto bei diesem Service da!“

„Schon geschehen: Ich bin für heute Abend mit diesem Meddoc verabredet. Unten am Rhein in der Strandbar.“

„Eigentlich sollte einer von uns im Hintergrund auf dich aufpassen!“, meinte Matthes und biss in sein Krabbenbrötchen.

„Stimmt!“, sagte Olmer. „Wenn der wirklich etwas mit dem Verschwinden der beiden Frauen zu tun hat, dann … Scheiße!“ Olmer war soeben das Heringsfilet komplett auf die helle Baumwollhose geklatscht. Wütend angelte er mit zwei Fingern den Fisch von der Hose und legte ihn auf einer Serviette ab. Dann kratzte er mit dem Fingernagel am Gewebe herum, um Saucenreste zu entfernen. „Man sollte eben richtig Pause machen und nicht mal schnell nebenher am Schreibtisch!“, fluchte er und fragte gleich darauf: „Also, wie auch immer, wer geht mit? Ich selbst kann leider nicht, ich habe Gertrud versprochen, heute endlich die Vorhänge im Wohnzimmer abzunehmen, damit sie sie waschen kann.“

„Aha“, sagte Horrweiler, „dann kannst du deine Hosen ja gleich dazu stecken! Ich habe heute auch keine Zeit: Schwiegervaters Geburtstag! Fragen wir nachher mal Rolf.“

„Ach nee“, meinte Anne. „Das kriege ich schon allein hin. Noch besteht ja auch gar keine Gefahr: In der Strandbar sitzt man dermaßen öffentlich, da kann nichts passieren. Und so blöd, dass ich mit ihm mitgehe, bin ich ja nicht.“

„Na, wer weiß, was das für ein toller Hecht ist?“, lästerte Matthes Horrweiler, knüllte seine Serviette mit der Tüte zusammen und warf beides in hohem Bogen in den Mülleimer neben der Bürotür. „Treffer!“, frohlockte er und verschwand in sein eigenes Büro.

„Okay, also machst du das allein, aber dein Handy hast du an und dabei, verstanden?“

„Klar, Norbert, verstanden!“

Am frühen Abend traf sich das K1 noch einmal zu einer Besprechung. Rolf Iben hatte absolut nichts Auffälliges im Computer des Weinguts entdecken können. Matthes Horrweiler wusste zu berichten, dass die Fingerabdrücke am Lenkrad in Elfi Heckers Wagen außer ihr von zwei Personen stammten, beide aber nicht registriert waren. „Also bleibt uns nur, abzuwarten, was Anne uns morgen vom Treffen mit dem Herrn Meddoc erzählen kann", resümierte der Chef des K1, bevor er alle nach Hause schickte.

Anne parkte ihr Auto auf der Kisselswiese, dem Wormser Festplatz am Rheinufer. Von dort aus musste sie nur wenige Meter bis zur Strandbar laufen. Auf dem Weg stellte sie fest, dass sie sich jetzt schon wieder mit einem Mann traf, diesmal aber gar nicht nervös war, weil fest stand, dass das nicht ihrer werden würde. Nicht unpraktisch, sich zu sagen, dass es um nichts ginge, das erhielt die Lockerheit. Vielleicht sollte sie das bei einem nächsten privaten Date nochmal so versuchen?

Nachmittags waren dichte Wolkenfelder am Himmel aufgezogen. Die Temperatur war um ein paar Grad gesunken, was aber angesichts der Hitze der vorigen Tage gar nicht so schlimm war. Sommerwarm war es immer noch, nur fehlte eben der Sonnenschein, weshalb trotz des lauen Wetters nicht übermäßig viele Besucher in der Strandbar saßen. Anne zog die Turnschuhe aus und stapfte barfuß durch den feinen Sand Richtung Ufer. Natürlich hatten die meisten Leute einen Liegestuhl oder einen Tisch möglichst nah am Wasser ausgesucht. Nur drei Männer saßen allein dort.

„Von rechts nach links!", beschloss Anne. „Flussabwärts!", legte sie gedanklich nach. Der Mann, der am weitesten rechts saß, war höchstens 25, der kam nicht in Frage.

Als sie gerade überlegte, was sie Intelligentes zum Mann in der Mitte sagen könnte, wurde sie von einer Frau überholt, die sich lachend in den Liegestuhl neben dem Mann fallen ließ und ihn zur Begrüßung küsste. Aha, der also auch nicht. Anne bog auf dem hölzernen Steg ans Ufer ab und ging auf den linken Mann zu.

„Was machst du denn hier?", rief sie überrascht. Auch Carsten war sichtlich überrascht, als Anne vor ihm stand. „Ich, äh, ich warte hier auf ein Date", gestand er.

„Ist ja lustig, ich will mich hier auch mit einem treffen. Aber der scheint noch nicht da zu sein. Ich suche mir dann schon mal einen Platz. Und dir dann mal viel Glück für heute Abend. Mehr Glück als mit mir."

Carsten blickte auf: „Wieso? Unser Treffen war doch wirklich angenehm und unterhaltsam. Ist halt nicht jedesmal gleich die große Liebe."

„Stimmt auch wieder. Na dann: Waidmannsheil!"

„Waidmannsdank!"

Anne fand eine freie Sitzgruppe neben einer stattlichen Palme mit direktem Blick auf den Fluss. Sie legte ihren Pullover ab und holte sich an der Bar ein Bier. Versonnen nippte sie immer mal wieder und beobachtete die Schiffe, die gemütlich tuckernd an Rheinkilometer 443 vorbei fuhren. Irgendwie hatte sie schon öfter davon geträumt, einfach mal den Rhein hinunter zu fahren. Früher mit dem Paddelboot, heute eher wie die „Drei Mann in einem Boot" aus dem alten Schwarzweiß-Film: Mit Motor und Stopps an allen Ausflugslokalen an der Strecke.

Anne sah auf die Uhr: Sie hatte nun schon fast eine halbe Stunde lang gewartet und bekam Hunger. Kurz darauf hatte sie einen Wurstsalat vor sich stehen, aber immer noch keinen Mann am Tisch sitzen. Verstohlen sah sie manchmal zu

Carsten hinüber, doch auch der saß noch allein am Strand. Immer, wenn ein Mann durch den Sand gelaufen kam, bereitete Anne sich darauf vor, nun gleich angesprochen zu werden. Aber keiner blieb an ihrem Tisch stehen. Gesättigt streckte die Kommissarin schließlich die Beine aus und genoss noch für ein paar Minuten die Atmosphäre. Als sie aufstand, um nach Hause zu fahren, bemerkte sie, dass Carsten das Warten schon vor ihr aufgegeben hatte.

Kriminaltango: Was war los?
Meddoc: Das wollte ich dich auch fragen. Ich war da.
Kriminaltango: Ich auch. Habe eine Stunde lang gewartet, schade.
Meddoc: Ja, sehr schade, denn ich habe ab morgen wenig Zeit. Würde dich aber gern dennoch kennenlernen. Wo hast du dich denn versteckt da am Rhein?
Kriminaltango: Gar nicht! Hast du am Ufer ganz am Rand gesessen?
Meddoc: Ja.
Kriminaltango: Mist. Du hast viel zu jung ausgesehen, um in Frage zu kommen. Und ich wahrscheinlich viel zu alt.
Meddoc: Dabei habe ich alle Frauen intensiv angeguckt, aber keine passte zum Foto.
Kriminaltango: Dumm gelaufen. Du kannst dich ja melden, wenn du mal wieder Zeit hast. Wann etwa?
Meddoc: Sicher bald.
Kriminaltango: Bis dahin!

Wo mochten Birgit Dexheimer und Elfi Hecker nur stecken? Rolf Iben hatte alle Informationen, die man über die beiden Frauen gesammelt hatte, nach Parallelen abgesucht, war aber lediglich auf das Konto bei *Athenet* gestoßen. „Ich mein', dass beide in jedem Jahr aufs Backfischfest gehen, das ist ja noch keine Parallele", seufzte er bei der morgendlichen Besprechung, nachdem Anne schon enttäuscht berichtet hatte, dass Meddoc nicht aufgetaucht war. „Sie haben außerdem dieselbe Frauenärztin und sind beide Mitglied in einem Sportverein – allerdings nicht im selben."

„Bisher wäre diese Partnerbörse also der erste und einzige Ansatzpunkt", fasste Norbert Olmer zusammen. Annes Gedanken schweiften ab: Sie hatte irgendwo gelesen, dass über acht Millionen Erwachsene in Deutschland sich bei Singlebörsen im Internet nicht nur angemeldet hatten, sondern sie auch aktiv nutzten. Abgesehen von denen, die es noch konservativ über Inserate in den Wochenblättern versuchten. Was für ein Markt!

„Ist das okay so?", fragte Olmer und legte Anne dabei die Hand auf den Arm. Anne erschrak. Oje, was hatte er nun von ihr gewollt? Sie nickte einfach und hoffte, das wäre die richtige Reaktion. „Gut, dann machen wir das so. Du bleibst an ihm dran und triffst dich mit ihm."

Das war ja gerade nochmal gut gegangen! Sie sollte also an Meddoc dranbleiben.

Athenet: Meddoc, Sie haben eine Nachricht.

Lovecat: Hi, deine Ich-Seite gefällt mir. Schau dir doch mal meine Seite an, vielleicht interessierst du dich ja auch für mich? Liebe Grüße

Meddoc: Hi, habe eben deine Seite angeklickt, sehr sympathisch, das gefällt mir. Und es sieht so aus, als würdest du bei mir in der Nähe wohnen.

Lovecat: Weißt du, ich kann das nicht, so wochenlang hin und her schreiben, ich sehe mir einen Mann am liebsten live an. Hättest du was dagegen?

Meddoc: LOL – nein, und ich verspreche auch, ich bin ansehnlich. Ein erstes Foto habe ich hier angehängt.

Lovecat: Wirklich, das also bist du! Sag mal, warst du schon mal bei so einer Wormser After-Work-Party? Da könnten wir uns doch treffen.

Meddoc: Tolle Idee. Um sieben an der Cocktailbar? Schick mir doch bitte auch ein Bild, damit ich dich genauso schnell erkennen kann wie du mich – und für die Vorfreude!

Lovecat: Hier kommt es!

Meddoc: Wow! Ja, Vorfreude! Bis übermorgen!

Lovecat: smile emoticon

Nach der Arbeit fuhr Anne mit dem Rad über Land bis nach Eich. Dort gab es eine Vielzahl von Baggerseen, einen sogar mit Pommesbude und Parkplatz. Sie stellte ihr Fahrrad neben dem hässlichen Kiosk-Container ab und suchte sich einen Platz am Strand. Dann schwamm sie quer über den See und zurück, legte sich zum Trocknen in die weiterhin glühende Abendsonne und döste ein.

Im Halbschlaf zogen alte Bilder an Anne vorbei: 2009, da war es auch so erbärmlich heiß gewesen, auch an dem Tag, als sie in den Höllenbrand gerufen wurde, um die Leiche von Bernd Hecker im Trullo zu begutachten. Sie erinnerte sich noch gut an die bedrückende Situation, gleichzeitig an den Wahnsinns-Blick von dort oben. Man musste zwar die Autobahn 61 und die mittlerweile allüberall die Landschaft verschandelnden Windkraftanlagen ausblenden, aber ansonsten war es einfach nur schön zwischen den riesigen, weißen Buchstaben im Wingert, die den Höllenbrand schon von der A 61 aus markierten. Damals hatte sie noch mit diesem entspannten Notarzt auf einer Bruchsteinmauer gehockt und ins Abendrot geguckt. Der war nett gewesen und ihr in dem Sommer irgendwie bei jeder Leiche wieder über den Weg gelaufen. „Ja, bring mir auch ein Bier mit!“, sagte er gerade. Aber sie hatten doch gar kein Bier getrunken da oben! „Ich geh nochmal eben ins Wasser, dauert nicht lange.“ Ins Wasser? Am Höllenbrand? Verwirrt schlug Anne die Augen auf, fand sich am Eicher Sandstrand wieder und wunderte sich über sich selbst: Sie hätte schwören können, dass da eben der Notarzt von damals gesprochen hatte. Na, egal.

Anne schob sich die Hände unter den Kopf und blickte in den Himmel. So ein Blau aber auch! Nur gelegentlich zerschnitt ein Flieger auf dem Weg von Frankfurt in die weite Welt den blauen Blick.

„Ach nee, wer liegt denn hier rum?“ Ein Schatten fiel auf Anne und sie hob den Kopf. Also doch! Vor ihr stand tropfnass der nette Notarzt. „Die Kommissarin!“

„Der Notarzt!“

„Anne, oder?“

„Henning, oder?“

Lachend ging Henning in die Knie und setzte sich neben Annes Handtuch in den Sand. „Bist du öfter hier?“

„Nur ohne Kinder. Die schwimmen sonst lieber im Freibad, da treffen sie mehr Freunde.“

„Ach, deshalb. Ich bin diesen Sommer fast jeden Abend hier draußen und hab dich noch nie gesehen. Wie geht's dir?“

„Och, gut, glaub ich.“ Anne war bei einer solchen Frage schon immer überrumpelt gewesen: Automatisch mit „gut“ antworten fand sie verlogen, aber in Windeseile zu überlegen, was schlecht lief und was davon sie dem Frager verraten wollte, war dann auch eine ziemliche Aufgabe.

„Trinkst du ein Bier mit?“, fragte er. „Mein Kumpel wollte welches holen, als ich eben nochmal schwimmen war.“

„Gern.“

Es lief darauf hinaus, dass Henning Anne in die Runde der Monoblock-Idylle am Container-Kiosk einlud, weil sein Freund natürlich nicht gewusst hatte, dass man noch ein drittes Bier brauchte. Zu dritt fachsimpelten die Kommissarin, der Notarzt und sein als Rettungsassistent arbeitender Freund über Berufliches und kamen so auch auf den toten Winzer Hecker im Höllenbrand zu sprechen.

„Stell dir vor, dessen Frau ist jetzt verschwunden.“

„Vielleicht Zufall?“, fragte Henning.

„Niemals! Ich kenn die Frau, da ist was passiert. Ihr habt wohl nicht zufällig in den letzten Tagen Unfallopfer gehabt, von denen ihr bis jetzt noch nicht wisst, wer sie sind?“

„Nö." Beide Männer schüttelten den Kopf.

„So, ich friere so langsam in meinen nassen Klamotten", sagte Anne. „Ich werde mich mal umziehen und auf den Heimweg machen. Hunger hätte ich schließlich auch." Henning hatte ebenfalls beschlossen, nach Hause aufzubrechen, und der Rettungsassistent verabschiedete sich: Er wolle die Stellung halten, bis seine Freundin nach der Arbeit noch eine Runde schwimmen komme. Anne wurstelte sich in trockene Kleidung, warf den feuchten Bikini in ihre Tasche und stopfte das ausgeschüttelte Badelaken darauf. Am Fahrradständer traf sie Henning. „Wo musst du eigentlich hin?", fragte er. „Immer noch Osthofen?" Stimmt, er musste wissen, wo sie wohnte, sie waren sich irgendwann auch schon mal in Annes Stammkneipe, der *Traube*, begegnet.

Anne nickte. „Ich wohne seit letztem Jahr direkt nebenan in Bechtheim", sagte Henning. „Außerdem bin ich mit dem Auto da. Das ist ja jetzt blöd."

„Wieso?" Anne verstand nichts.

„Ähm, na ja, Hunger hätten wir ja beide, und wir könnten uns doch noch irgendwo gemütlich zusammen hinsetzen, oder?"

Ach so, nun kapierte sie endlich. „Ja, klar! Du musst mir bloß ein bisschen Zeit geben. Kannst ja schon mal für mich bestellen oder so." Dann schickte sie Henning in die *Traube*, orderte tatsächlich Essen und Getränk bei ihm und schwang sich auf ihr Rad.

Selten hatte sich Anne Mettenheimer in den letzten Wochen so gut unterhalten wie an diesem Abend mit Henning Selzer. Er war einfach ungezwungen, witzig und schlagfertig. Und Single. Und real. Trotzdem sah sie in ihrem *Athenet*-Konto nach, als sie nach ausgiebigem Essen und freundschaftlicher Umarmung aus der *Traube* gekommen war.

Athenet: Kriminaltango, Sie haben eine neue Nachricht.

Meddoc: Hallo, weil wir uns ja verpasst haben, wolltest du ein neues Treffen ausmachen. Ich auch!

Kriminaltango: Was hältst du von der After-Work-Party übermorgen im Wormser?

Meddoc: Oh, tut mir leid. Übermorgen Abend habe ich schon etwas vor.

Kriminaltango: Schade. Dann vielleicht bald mal. Ich melde mich.

Meddoc: Gut, abgemacht, ich warte. Freue mich!

„Lahmarschiger Beamtenapparat!" war nur eine der wüsten Beschimpfungen, die Kommissarin Mettenheimer ausstieß, nachdem sie die Neuigkeiten vom Besuch ihres Chefs bei der Staatsanwaltschaft gehört hatte.

„Na, na!", versuchte Olmer zu beruhigen.

„Uns wird doch dann von der Öffentlichkeit vorgeworfen, dass es zu lange dauert, nicht denen!", regte sich Anne weiter auf.

Olmer hatte vorgehabt, Staatsanwältin Liebreich in einem zweiten Versuch davon zu überzeugen, bei *Athenet* die Herausgabe der Daten von Meddoc zu verlangen. Immerhin war eine zweite Frau verschwunden, die mit ihm zu tun hatte. Doch Amelie Liebreich hatte sich ein paar Tage Urlaub genehmigt und war nicht erreichbar. Ihre Vertretung, ein junger Jurist, war noch nicht lange im Amt und bestand darauf, sich erst vollumfänglich einlesen zu müssen. Olmer solle in zwei Tagen wiederkommen, schließlich habe er noch andere Dinge zu tun.

„Unglaublich! So ’ne Pfeife!“

„Anne, bitte, das macht es auch nicht besser!“

„Wenn Meddoc was mit dem Verschwinden der Frauen zu tun hat, dann sind zwei Tage eine Ewigkeit, in der noch sonstwas passieren kann, das weißt du doch auch. Nun entschuldige den nicht auch noch!“, rief Anne aufgebracht und rührte minutenlang grundlos in ihrem schwarzen Kaffee herum.

„Kannst du mal aufhören? Mich macht dein nervöses Geklapper wahnsinnig!“, bat Olmer. „Sag mir lieber, was du erreicht hast in dieser Sache.“

Anne berichtete, dass sie den Kontakt zu Meddoc halten würde und beruhigte sich ganz allmählich wieder, wenngleich ihr Unbehagen blieb: Man konnte doch nicht einfach abwarten!

Henning Selzer ließ nicht locker. Vor sieben Jahren hatten sie sich kennengelernt, als er während einer Mordserie in Rheinhessen immer gerade dann Dienst gehabt hatte, wenn auch Anne an der Reihe war. Sie hatten sich damals einmal zufällig in der *Traube* getroffen, was Annes Freundin Julia extrem beunruhigt hatte: Erstens glaubte sie einen viel zu engen Kontakt zwischen den beiden auszumachen und zweitens hatte sie sich offensichtlich selbst spontan in den gutaussehenden Mediziner verguckt. Da es seinerzeit aber keine weiteren beruflichen Berührungspunkte gegeben hatte und Anne immerhin Familie hatte und sie auch nichts Genaueres über Selzers Privatleben wusste, hatte sie den Kontakt nicht weiter gepflegt. Er allerdings auch nicht. Seit ihrem Treffen am Baggersee hatte er jedoch schon dreimal gemailt, wann sie sich wiedersehen könnten. Anne schlug ihm also die After-Work-Party im Wormser vor. Sie war dort noch nie gewesen, hatte aber gehört, da müsse man gewesen sein, und wenn Meddoc schon nicht mit Kriminaltango dorthin gehen wollte, konnte sie es ja privat versuchen. Der Notarzt mailte innerhalb von wenigen Minuten seine Zusage, also war Anne verabredet. Oh, wenn Mama Mettenheimer das gewusst hätte! Ihre Tochter, verabredet! Mit einem Arzt! Anne musste lächeln.

„Ist was?", fragte Norbert Olmer vom Schreibtisch gegenüber.

„Nee, ich hab nur gerade an was gedacht."

„Ja, so sah das auch aus", schmunzelte ihr Chef und stocherte weiter: „Wetten, es war was Privates, Gutaussehendes und ist mit dir verabredet?" Er blätterte einige Seiten in seinem Ordner um und sah wieder hoch. „Aha, du bist rot wie eine Tomate! Ich merke, ich kenne dich doch ziemlich gut."

„Stimmt ja gar nicht!"

„Wenn ich's dir doch sage!"

„Und wenn's so wäre?"

„Glückwunsch! Wird ja auch mal wieder Zeit!"

„Na ja, abwarten. Ich treffe mich ja nur mal."

„Ja, so soll sowas manchmal losgehen!" Olmer strahlte Anne an. „Obwohl ich dabei ja kaum noch mitreden kann, so lange, wie ich mit meiner Gertrud schon zusammen bin."

Anne wollte ihn jetzt nicht an eine kurze Flucht aus seiner Ehe erinnern, die sie miterlebt hatte, aber es war ja tatsächlich so: Die beiden Olmers gehörten einfach fest zusammen. Mit allen Höhen und Tiefen. Anne bewunderte das einerseits, andererseits fragte sie sich gelegentlich, wie viele Jahrzehnte man es im gleichen Trott miteinander aushalten konnte.

In ihren üblichen ausgeblichenen Jeans und einer extra gebügelten Bluse, der man das nach einem ganzen Arbeitstag aber leider nicht mehr ansah, lehnte Anne Mettenheimer an einem Fahnenmast vor dem *Wormser*. Früher war es das Festhaus gewesen, aber seit einem sündhaft teuren Umbau zur Kultur- und Tagungsstätte war das Festhaus zum *Wormser* mutiert, einem Begriff, bei dem jeder immer erwartete, dass noch etwas hinter dem ersten Wort käme, aber da kam nichts. Jeder Satz, in dem die Anlage erwähnt wurde, holperte irgendwie. Immerhin: Es war jetzt mehr Leben im Haus als jemals zuvor, weil es vielfältiger genutzt werden konnte.

Der Notarzt kam nicht. Zehn Minuten nach dem vereinbarten Zeitpunkt meldete er sich dann per Handy: „Ich steh noch knietief in … ach was! Wir sind noch kurz vor Schichtwechsel zu einem Unfall auf der Autobahn gerufen worden, das dauert hier. Nicht weglaufen, hörst du?“

Anne versprach das und überlegte, wie sie sich die Zeit bis dahin vertreiben konnte. Da fiel ihr ein großer, schlanker Mann auf, der im Foyer auf jemanden zu warten schien. Carsten!

„Vielleicht sollten wir uns doch zusammentun, so oft, wie wir sowieso an den gleichen Orten sind“, versuchte sie einen Scherz. Carsten meinte: „Ach, heute wäre das etwas ungeschickt, weil ich verabredet bin.“

„Ein neues Date über *Athenet*?“

„Genau. Sie kann allerdings erst nach acht, und da du hier auch so allein rumstehst: Kannst du tanzen? Sollen wir?“

Anne war überrumpelt. Tanzen, oje! Sie hatte wie fast jeder in ihrer Generation den üblichen Anfängerkurs hinter sich gebracht, aber damals schon schwer gelitten, weil man zu jener Zeit noch nicht in Turnschuhen aufs Parkett durfte – von der Verkleidungsorgie zum Abschlussball einmal ganz abgesehen. Außerdem war sie mit ihrem dürren Meter achtzig mit dreizehneinhalb schlicht viel zu groß für alle Tanzpartner gewesen. Ein Horror, aber einen Discofox bekam sie schon noch hin. Also ergab sie sich in ihr Schicksal und tanzte nicht nur einen halben Discoschlager lang mit Carsten, sondern auch noch einen langsamen Walzer und eine rockige Nummer. Sie sprachen kaum miteinander, aber das Tanzen funktionierte gar nicht so schlecht. Carsten bedankte sich mit angedeuteter Verbeugung, als sie auseinander gingen. Anne verzog sich ins obere Foyer, und kurz darauf sah sie ihn mit einer kleinen Frau mit blonden Locken von der Dachterrasse spazieren. Beide hatten ein Glas in der Hand und unterhielten sich lebhaft. Die Frau lachte viel und strahlte Carsten an, der offensichtlich begeistert war.

Allein auf dieser Party, das hatte Anne sich auch anders gedacht. Aber Henning ließ nichts weiter von sich hören. Ihre Laune sank, und um nicht ganz zu verhungern kaufte sie sich eine Laugenbrezel und setzte sich auf der Dachterrasse in einer Ecke ganz ans Geländer, sodass sie den Vorplatz im Blick hatte. Wie oft in ihrem Leben hatte sie schon versucht, jemanden „herbei zu gucken“, aber das klappte ja nie. Heute sowieso nicht. Statt einem eilig herein stürmenden Henning Selzer sah sie bloß Carsten, der mit der kleinen, blonden Frau im Arm das Wormser verließ und in einer der angrenzenden Straßen verschwand, wo er vermutlich geparkt hatte. Und sie saß wieder mal solo hier!

„Schöne Frau, so ganz alleine?“

Anne schrak hoch und blickte in Hennings strahlend blaue Augen. Stürmisch zog er sie vom Stuhl hoch und umarmte sie, bevor er sie ohne Umschweife an die Cocktailbar schleifte. „Öhm, ich hab aber noch gar nichts gegessen!“, versuchte sie einen schwachen Protest.

„Na und? Guck hier, es gibt ja auch Antialkoholisches. Ist sowieso besser bei dem Wetter!"

Kurz darauf standen sie wieder auf der Dachterrasse, lehnten am Geländer in einer ganz sanften Brise und schlürften ihre Cocktails. „So, und nun erzähl mal!", forderte Henning Anne auf.

„Was denn?" Anne begriff wieder einmal wenig.

„Na, was du in den letzten Jahren so erlebt hast. Vorgestern am See ging das ja nicht so gut, als mein Kumpel immer dabei saß, und danach in der *Traube* sind wir auch bei lauter Oberflächlichem geblieben."

Also fasste Anne die letzten Jahre im Zeitraffer zusammen, verlangte von Henning Gleiches und erfuhr, dass er sich in Bechtheim ein altes Häuschen am Ortsrand gekauft hatte, dessen Renovierung ihm aber mittlerweile gewaltig auf die Nerven ging, weil seine langen Dienste ihn auslaugten und weil sich im Haus auch immer mehr Baustellen auftaten, die vorher so nicht zu erkennen gewesen waren. „Manchmal falle ich abends todmüde auf mein Bett und denke, es wäre besser gewesen, irgendwo eine Zweizimmerwohnung im Neubau zu mieten", seufzte er.

„Und warum Bechtheim?", fragte Anne.

„Och, weil mir das Häuschen gefiel, bezahlbar war und die Distanz zur Exfreundin in Frankenthal damit stimmte."

„Wie alt bist du eigentlich?"

„Siebenundvierzig. Und du?"

„Ich auch."

„Na, das passt ja schon mal", stellte Henning fest.

„Wieso, der Rest nicht?"

„Doch, sehr. Das ist komisch, aber vor sieben Jahren habe ich dich sofort toll gefunden, mich aber wegen deiner Ehe und der kleinen Kinder und so nicht weiter getraut. Und jetzt finde ich dich nach dem zufälligen Treffen am See nahtlos immer noch toll. Und wie geht's dir?"

„Gut. Aber irgendwie nervös. Was mache ich hier eigentlich?"

„Mich näher kennenlernen. Das wäre nämlich wichtig."

„Ach, echt?"

„Doch, natürlich, weil, also wenn wir den Rest des Lebens miteinander aushalten wollen, müssen wir uns schon ein bisschen kennenlernen."

„Ah so." Anne war erstaunt über Hennings Tempo. Sie wollte gerade fragen, ob er immer so entschlossen vorgehe, da klingelte sein Handy. „Noch ein Notruf?", fragte sie.

„Kann nicht sein, ich bin ja außer Dienst", beruhigte sie Henning und nahm das Gespräch an, als er die Nummer gesehen hatte. Schlagartig verdüsterte sich seine Miene. „Ach du Scheiße! Au weia! Nicht das auch noch! Ich bin schon unterwegs, und rufen Sie auf jeden Fall die Feuerwehr!" Er ließ das Handy wieder in die Hosentasche gleiten, fuhr sich fahrig durch die kurzen, rotblonden Haare und seufzte: „Das war der Nachbar: Aus meinem Garten läuft Wasser in seinen. Das hat er eben gemerkt, als es ihm zur Tür reinkam. Es ist aber nicht der Wasserhahn im Garten, da hat er schon nachgesehen. Es kommt irgendwo aus dem Haus. Ich muss da jetzt hin, ich könnt' kotzen! Dauernd ist wieder was Unvorhergesehenes mit der Bude!"

Anne sagte: „Ja, also ab mit dir! Und falls du kein trockenes Plätzchen mehr findest: Du weißt ja, wo ich wohne."

Nun zeigten sich doch noch einmal kurz die Lachfältchen um Hennings Augen. Dann sagte er: „Okay, ich muss. Tut mir leid, aber wir machen dann beim nächsten Mal genau hier weiter!" Danach küsste er die verdutzte Anne mitten auf den Mund und ließ sie einfach stehen.

„Reichst du mir den Prosecco rüber? Danke!"
„Hier, trink einen Schluck! Prost!"
„Santé, mein Lieber!"
„Huch, was machst du mit meiner Hose?"
„Ausziehen, Darling, oder willst du angezogen ...?"
„Wie jetzt ...?"
„Ach komm, du willst es doch auch, sonst hätten wir ja auch noch auf der Party bleiben können!"
„Also, ich dachte, wir können uns hier besser unterhalten und in Ruhe kennenlernen. Möchtest du noch etwas Secco?"
„Klar. Du nicht mehr?"
„Nein, ich möchte einen klaren Kopf behalten, ich muss dich ja nachher noch zu deinem Auto fahren, oder?"
„Komm, wir machen es uns auf dem Sofa gemütlich. Ich dachte, du wärst ein Romantiker!"
„Bin ich ja auch, aber Romantik heißt doch nicht, dass man gleich am ersten Abend miteinander ins Bett geht!"
„Nicht? Ach komm! Upps, mir ist gerade ein bisschen schwindlig, glaube ich. Alkohol auf nüchternen Magen, hihi."

„Wir haben eine neue Vermisstenmeldung“, begann Hauptkommissar Olmer die Besprechung im K1.

„Eine Frau?“, wollte Anne wissen.

„Ja. Lea Katz aus Pfeddersheim, 38 Jahre alt, kaufmännische Angestellte. Gestern Nachmittag zum letzten Mal gesehen.“

„Und dann wird sie schon als vermisst gemeldet?“, fragte Rolf Iben.

„Sie hat ihre zehnjährige Tochter gestern Abend allein gelassen und ist nicht wieder nach Hause gekommen. Das ist schon ungewöhnlich, weshalb eine Nachbarin uns verständigt hat. Auch, weil sie wissen wollte, ob es in Ordnung ist, dass sie das Kind erstmal bei sich aufnimmt. Rolf, du recherchierst am besten schon mal über die Frau, Anne und ich fahren zu ihrer Adresse und hören uns mal um.“

Im Wormser Stadtteil Pfeddersheim verfuhren sich die Kommissare erst einmal ausgiebig, weil Nobert Olmer darauf bestanden hatte, den Weg – wie früher immer – ohne Navi zu finden, bevor sie schließlich trotz zweier Baustellen und einer in die Irre führenden Umleitung vor dem Mietshaus ankamen, in dem Lea Katz wohnte. Karina Becker, ihre Nachbarin, lotste die Beamten zu sich und bot ihnen Kaffee an. „Wissen Sie, vielleicht hat die Shenaya eine Idee, wo die Lea geblieben ist.“

„Die Shenaya?“, fragten Olmer und Mettenheimer wie aus einem Mund, Ersterer des Verständnisses wegen, Letztere entsetzt über den ausgewählt besonderen Namen. „Die Shenaya ist heute ja nicht zur Schule gegangen. Sie liegt in meinem Bett und guckt Fernsehen, da ist sie abgelenkt“, sagte Karina Becker und erklärte: „Das ist ja schon hart für so ein Kind, wenn die Mama plötzlich weg ist!“

„Wie geht es dem Mädchen?“, fragte Anne.

„Och, gut, glaub ich.“

„Wo ist denn der Vater vom Kind?“

„Das wüsste die Lea auch gern. Also, ich hab den noch nie gesehen.“

„Gut, dann fragen wir mal anders“, begann Norbert Olmer, „hat das Mädchen Großeltern hier in der Nähe? Wir würden sie gern befragen, ob sie etwas weiß, etwas vermutet, etwas mitbekommen hat, und da wäre es schon besser, wenn jemand dabei wäre, den sie kennt und der zur Familie zählt.“

Becker lachte: „Na, da werden Sie auch kein Glück haben, die Eltern Katz haben mit der Lea seit Jahren nichts mehr zu tun, und ich glaub, die wohnen längst nicht mehr hier. Aber ich kann doch dabei sein, ich pass eh dauernd auf die Kleine auf!“ Ohne Widerspruch abzuwarten stand sie auf und ging in ihr Schlafzimmer, aus dem nach kurzem, halblauten Gespräch ein Mädchen hinter Karina Becker herkam und sich mit gelangweilter Miene gegenüber von den beiden Kommissaren am Tisch niederließ. Das Kind sah blass und übernächtigt aus.

„Hallo Shenaya, wir sind von der Kriminalpolizei und wir machen uns genauso Sorgen wie ihr zwei, wo deine Mama jetzt gerade ist“, sagte Olmer vorsichtig. Shenaya sah ihn mit schräg gelegtem Kopf an und sagte: „Also ich mach mir keine Sorgen! Die ist öfter mal weg. Kann ich jetzt wieder gehen? Es läuft gerade die Wiederholung von *Supertalent*!“

Ohne eine Antwort abzuwarten, rutschte sie seitlich vom Stuhl und verschwand einfach wieder. Karina Becker zuckte mit den Schultern. „Der müssten Sie schon einen Film im Fernsehen zeigen, dass sie auf Sie reagiert. Ich finde ja, die guckt zu viel, aber ich kann's der Lea bloß sagen, machen muss sie alleine was. Na, egal.“

Anne Mettenheimer holte tief Luft und sagte: „Stimmt

es, dass Frau Katz öfter nachts weg bleibt? Dann ist das gar nichts Besonderes, oder? Warum haben Sie sie dann vermisst melden wollen?“

„Weil sie schon oft bei irgendeinem Kerl die Nacht verbracht hat, aber sie hat mir immer mit WhatsApp die Adresse geschickt. Immer. Zur Sicherheit, hat sie gesagt.“

„Ach, und diesmal nicht?“

„Nein, und sie geht auch nicht ans Handy.“

„Na ja, das muss noch nichts heißen. Wir halten auf jeden Fall die Augen offen. Hätten Sie eventuell ein aktuelles Foto von Frau Katz für uns?“, fragte Anne Mettenheimer.

„Logo“, nickte die Nachbarin. „Am Wochenende haben wir gegrillt, da haben wir ein paar schöne Bilder gemacht. Haben Sie WhatsApp? Ich schicke Ihnen das.“

Norbert Olmer wunderte sich wieder einmal, wie altmodisch er offensichtlich war: Er hätte jetzt liebend gern ein Foto auf Papier in Empfang genommen, statt dessen saß er hier mit zwei Frauen zusammen, die angestrengt auf ihren Handys herumtippten, bis das von Anne bimmelte und sie das Foto als Datei öffnen konnte.

„Nee, oder!“, entfuhr es ihr.

„Was ist?“, fragte ihr Chef.

„Die kenn ich! Die hab ich sogar gestern Abend gesehen!“

„Wo denn?“

„Im *Wormser*. Frau Becker, wollte sie dahin?“

„Wenn da eine Party war, dann ja. Sie hat gesagt, sie ginge auf eine große Party und würde sich mit einem tollen Mann treffen, den sie kennengelernt hätte. Den Namen weiß ich aber nicht, leider.“

„Aber ich! Zumindest den Vornamen. Das heißt: Falls er stimmt. Aber ich kenne den Mann und habe die beiden zusammen gesehen, ich bin ganz sicher!“

Anne hielt es vor Aufregung nicht mehr auf dem Stuhl. „Norbert, wir müssen, los, komm! Wir sollten dem Staatsanwalt nochmal Feuer unterm Hintern machen wegen der Internet-Sache!"

Norbert Olmer war ruhiger geblieben: „Frau Becker, woher kennt Frau Katz den Mann, wissen Sie das?"

„Klar, den hat sie aus dem Internet, wie immer. Die Lea hat ja nicht irgendjemanden gesucht, sondern schon einen mit nem ordentlichen Job und etwas Geld auf der Naht. Da hat sie dann auch nicht einfach bei Traumpartner24 geguckt, sondern was angelegt: Wissen Sie, da gibt es so eine Singlebörse, die ist nach einer griechischen Göttin benannt ..."

„*Athenet*!", stöhnten beide Kommissare.

„Genau!"

„Lassen Sie uns mal in die Wohnung von Frau Katz?", bat Norbert Olmer.

„Brauchen Sie da keinen Durchsuchungsbeschluss?", fragte Karina Becker. „Nicht, dass ich nachher noch Ärger kriege."

„Bei Gefahr im Verzug nicht, und ehrlich gesagt, wir haben gerade so einen Verdacht", sagte Anne.

Olmer ergänzte: „Wir wollen eigentlich auch nur an ihren Computer. Sie hat doch einen, ja?"

„Klar. Kommen Sie mit!"

Wenig später war der Laptop eingepackt und die Wohnung grob besichtigt worden: Hinweise auf einen Mann fanden sich nicht, und dass Lea Katz in der Zwischenzeit selbst hier gewesen wäre, dafür ließen sich auch keinerlei Anzeichen erkennen.

Sie mussten warten, was Rolf Iben aus dem Computer von Lea Katz hervorzaubern konnte. Anne nahm sich also eine kurze Auszeit und zog sich für ihre Mittagspause mit Zeitung, Schinkenbrötchen und schwarzem Kaffee auf eine Bank im Heylshof zurück. Die mächtigen uralten Bäume im kleinen Park hinter dem einstigen Privat-Schlösschen, das heute als Kunsthaus diente, spendeten umfangreichen Schatten, den man in Rheinhessen derzeit ansonsten selten finden konnte: Wald war hier Mangelware, jedes Fleckchen wurde mit Reben besetzt.

Der Schinken schmeckte wie Gummi, das Brötchen wie Pappe. Was wollte man erwarten nach einem halben Tag in einem stickigen Büro? Anne kaute lustlos auf ihrem kargen Mittagessen herum und blätterte in der Zeitung. Wirklich aufmerksam las sie erst, als sie auf der Wonnegau-Seite angekommen war:

Wasser Marsch in Bechtheim

BECHTHEIM. Siegbert Truschel traute seinen Augen nicht: Als er nach einem kurzen Gang zum Einkaufen am gestrigen Spätnachmittag durch den Garten auf seine Terrasse trat, war diese geflutet. Entsetzt musste der 73-Jährige feststellen, dass das Wasser sich in einem glücklicherweise nur schmalen Rinnsal bereits einen Weg unter der Tür durch bis in sein Wohnzimmer gesucht hatte. Bevor der rüstige Rentner jedoch die Feuerwehr alarmierte, begab er sich auf das Grundstück seines Nachbarn, dessen Haus etwas oberhalb in der Dalbergstraße liegt und von wo aus das Wasser zu ihm lief. Truschel vermutete, der Nachbar habe eventuell einfach vergessen, die Gartenbewässerung auszuschalten: „Wissen Sie, der Mann ist Notarzt, manchmal muss der schnell weg, und dann kann sowas halt passieren“,

berichtete er unserem Reporter. Schnell war klar, dass der Nachbar zwar nicht zu Hause war, die Fluten aber auch nicht aus seinem Rasensprenger stammten und auch sonst nirgends im Garten Wasser lief. Also rief Siegbert Truschel doch die Feuerwehr. Da der Hausbesitzer nebenan, ein 47-jähriger Arzt, nicht bei seiner Arbeitsstelle im Klinikum und auch nicht an seinem privaten Handy erreicht werden konnte, brach die Feuerwehr das Haus auf, aus dem mittlerweile aus mehreren Kellerfenstern Wasser quoll. Drinnen bot sich den Helfern ein Bild der Verwüstung, hatte das Wasser doch mittlerweile nicht nur den Keller gefüllt, sondern auch schon im Erdgeschoss erste kleinere Möbel angehoben und Gegenstände geradezu weggespült. Zunächst waren die Floriansjünger ratlos, woher die Wassermassen kamen, doch am frühen Abend stellte sich heraus, dass eine der kommunalen Hauptwasserleitungen oberhalb des Pilgerpfades an der Einmündung von Friedhofsweg und Erfurter Straße gebrochen war und gewaltige Mengen Trinkwassers ungebremst hangabwärts in das Haus des Arztes, der das Häuschen seit etwa zwei Jahren nach und nach liebevoll saniert hatte, gedrungen waren. Inzwischen hatte man den Besitzer erreicht und fassungslos musste er von den Einsatzkräften zur Kenntnis nehmen, dass sein Haus akut einsturzgefährdet und somit nicht mehr bewohnbar sei.
Zumindest für die ersten Tage konnte hier völlig unbürokratisch geholfen werden: Nachbar Siegbert Truschel quartierte den obdachlosen Nachbarn kurzerhand bei sich ein: „Ich hab ja noch das Zimmer,

in dem meine Frau früher immer gebügelt hat, da kann er erstmal unterkommen!"
Das unterspülte Areal wurde weiträumig abgesperrt, denn jetzt muss geklärt werden, ob und wie Wasserleitung und Wohnhaus repariert werden können.

Du meine Güte! Anne hatte ihr Gummibrötchen während der Lektüre völlig vergessen. Der arme Henning! Jetzt war klar, warum er sich nicht meldete. Er hatte weiß Gott andere Sorgen. Obwohl sie ihm ja noch angeboten hatte, er könne bei ihr unterkommen. Aber vermutlich war es besser, wenn er direkt neben seinem Problem hauste, um schnell vor Ort zu sein, wenn er benötigt wurde. Sie schickte ihm trotzdem eine Nachricht:

„Hallo Henning, ich hab's gelesen! Das mit dem trockenen Plätzchen gilt! Trockener Rotwein inklusive, falls du irgendwas ertränken willst. Melde dich, wenn du Hilfe/Schlafplatz/Gesellschaft/Föhn brauchst! LG Anne"

„Ich bin soweit!", sagte Rolf Iben nicht ohne Stolz. In kürzester Zeit hatte er den Computer von Lea Katz durchforstet, aber noch fehlte Norbert Olmer im Besprechungsraum: Er hatte erneut bei der Vertretung nachfragen wollen, ob man nicht endlich amtlich verordnet die Identität von Meddoc lüften lassen könne. Als Olmer den Raum kurz darauf betrat, war er nicht allein: Amelie Liebreich begleitete ihn.

„Die Frau Staatsanwältin ist zum Glück aus dem Kurzurlaub zurück und möchte sich selbst anhören, was wir ermittelt haben", sagte der Chef des K1 und schob Liebreich galant einen Stuhl zurecht. „Kaffee?", fragte Matthes Horrweiler.

„Mit viel Milch und Zucker, bitte!"

„Sie sehen sehr erholt aus", meinte Matthes.

„Quatschen Sie nicht!" Die sonst meist gut aufgelegte Liebreich war missgestimmt. „Ich war vier Tage lang mit meiner großen Schwester in Paris, das hatte ich ihr zum Geburtstag geschenkt. Da erholt man sich nicht!"

„Na, dann war's bestimmt wenigstens entspannend und interessant, einfach mal so am helllichten Tag im Café zu sitzen oder an der Seine entlang zu bummeln", versuchte Horrweiler erneut.

„Nein! Nie wieder mache ich sowas! Morgens um sieben saß meine Schwester auf der Bettkante und zitierte schon aus dem Reiseführer. Nicht mal ausschlafen durfte ich! Und dann den ganzen Tag die Sightseeing-Liste abhaken, großer Gott! Ein einziges Mal habe ich sie in ein Straßencafé schleifen können, da hatten wir ein lauschiges Plätzchen unter alten Platanen und konnten die vielen Menschen beobachten, die vorbei schlenderten, aber was macht sie, kaum dass ich meinen Kaffee auch nur zur Hälfte ausgetrunken hatte? Den Ober zum Bezahlen rufen! Wir hätten ja noch so viel vor! Nein, Erholung geht völlig anders, glauben Sie mir! Aber das ist ja jetzt Nebensache. Was haben Sie also für mich?"

„Lea Katz war bei der Singlebörse *Athenet* angemeldet", berichtete Norbert Olmer.

„Ach, ist das nicht die, die vergleichsweise viel Geld kostet, bei der die Mitglieder aber auch davon ausgehen, dass sie nicht mit irgendwelchen Proleten verkuppelt werden?", fragte Amelie Liebreich und warf ihre kastanienrote Mähne mit geübtem Schwung nach hinten, um besser Kaffee trinken zu können.

„So ist das wohl", sagte Anne und konnte sich ein Grinsen nicht verkneifen. Olmer fuhr fort: „Sie hat sich öfter mal mit Männern verabredet, die sie dort kennengelernt hatte, und immer hat sie ihrer Nachbarin, die auch auf die zehnjährige Tochter aufgepasst hat, hinterlassen, wo sie gerade war. Nur gestern eben nicht. Warum, das wissen wir nicht."

„Vielleicht hat sie's einfach mal vergessen", mutmaßte die Staatsanwältin. „Und jetzt wollen Sie von mir das Okay, sich die Identität dieser Männer bei *Athenet* zu besorgen."

„Ja, denn der Mann, mit dem sie sich für gestern Abend verabredet hatte, ist für uns kein Unbekannter", sagte Olmer. „Er nennt sich bei *Athenet* Meddoc und hatte auch Kontakt zu Birgit Dexheimer und Elfi Hecker, den anderen beiden Frauen, die vermisst werden."

Amelie Liebreichs Stirn legte sich in Falten und sie machte sich ein paar Notizen. Anne Mettenheimer hatte es eilig, auch noch etwas beizusteuern: „Ich habe Lea Katz gestern Abend gesehen. Im Wormser. Aber da war sie nicht mit Meddoc unterwegs, sondern mit einem anderen Mann."

„Bei dieser Single-Party?", fragte Matthes Horrweiler ungläubig.

Ertappt versuchte Anne sich herauszureden: „Nicht Single, After Work!"

„Na ja, das kommt doch irgendwie auf's Selbe raus!"

„Findest du?"

„Ja."

Die Staatsanwältin wurde ungeduldig: „Was haben Sie denn da beobachtet?"

„Tja, eigentlich ist mir Lea Katz gar nicht aufgefallen. Wie sie aussieht, habe ich ja erst heute Morgen erfahren, als mir die Nachbarin ein Bild der Vermissten geschickt hat. Mir ist einfach der Mann aufgefallen, mit dem sie das Wormser verlassen hat, den kenne ich nämlich flüchtig."

Alle Augen richteten sich auf Anne, der warm wurde, weil sie jetzt ja irgendetwas erklären musste. „Ja, also, ich kenne den nicht wirklich, ich weiß nur, dass er Carsten heißt und Arzt im Klinikum ist. Mehr hat er nicht gesagt."

„Aha", freute sich Matthes.

„Gar nicht aha!", fuhr Anne ihren Kollegen an. „Ich hab mal zufällig ein Bier mit dem getrunken, das war's!"

„Und woher weißt du, dass er nicht Meddoc ist?", fragte nun Rolf Iben.

Anne schwitzte wie verrückt. Nicht nur, dass in Worms und im Besonderen ganz oben in der Polizeidirektion ohnehin schon tropische Temperaturen herrschten, nein, ihr Puls hatte gerade auf „Alarm" umgeschaltet. Wie sollte sie das hier bloß erklären, ohne dass die anderen merkten, wie gut sie sich bei *Athenet* auskannte? Sie überlegte kurz, dann sagte sie: „Er hat mit mir über das Kennenlernen von Menschen ganz allgemein geredet. Dass man sich völlig unbekannt live gegenüber sitzt und sich so zum ersten Mal trifft, sei ja eigentlich völlig antiquiert, hat er gesagt. Normalerweise chatte er erst tagelang mit Frauen, die er interessant fände, da sei dann die Chance größer, dass man sich verstehe, und man müsse nicht vorher so irre viel Zeit investieren, um dann zu merken, die Frau sei nichts für einen. Im Rahmen dieses Berichts erwähnte er dann auch seinen Nickname bei *Athenet.* Nicht Meddoc. Und dann fing er an zu baggern, weshalb ich das Weite gesucht habe."

Anne glaubte, das reichte als Erklärung.

„Wie auch immer", sagte Amelie Liebreich, „dann ist jetzt ein hinreichender Verdacht zu begründen. Ich kümmere mich darum. Sonst noch etwas?"

Norbert Olmer verneinte und begleitete Liebreich zur Tür. „Ich melde mich, wenn ich soweit bin", sagte sie noch und schüttelte dem Chef des K1 zum Abschied die Hand.

Ich dachte, ich muss etwas loswerden. Sie loswerden. Dann erst habe ich gemerkt, genaugenommen habe ich etwas dazubekommen. Den absoluten Kick, ein Hochgefühl, das sich durch nichts beschreiben lässt. Das Gefühl hat einen ganzen Tag lang angehalten. Sogar beim Müll-Wegbringen noch. Und am Morgen danach bei der Arbeit. Ich will das wieder erleben. Ein Orgasmus ist ein lächerliches, kurzes Glück dagegen! Jetzt weiß ich, wie es geht. Wer erlebt so etwas schon jemals?
Das ist zumindest ein kleines bisschen Gerechtigkeit. Seit damals ist nichts mehr, wie es war – jedenfalls in dieser Beziehung. Wie ein einziger Tag, ein kurzer Moment nur, den Rest des Lebens beeinflussen kann! Ich kann mein Leben und das Zusammensein mit Frauen nicht mehr so genießen wie früher, aber nun habe ich etwas ganz Ähnliches gespürt. Viel intensiver sogar. Länger. Tiefer. Ich bin immer noch völlig high, und das nur, weil ich sie losgeworden bin.

Amelie Liebreich hatte schnell gehandelt, aber das reichte nicht: Bei *Athenet* sah sich so ganz spontan niemand in der Lage, zu entscheiden, dass er oder sie jetzt einfach der- oder diejenige war mit der Kompetenz zur Entscheidung. Wütend verließ Anne Mettenheimer ihr Büro früher als sonst. „Wo leben wir denn, wenn nicht mal der offizielle Antrag eines Staatsanwalts noch was gilt!", giftete sie. Ihre Kollegen sahen das ähnlich, hatten aber gefasster reagiert. Immerhin: Bis Anne zu Hause in Osthofen angekommen war, von wo aus sie sich morgens mit dem Fahrrad aufgemacht hatte, hatte sie die meiste Wut weggestrampelt. Sie schob eben ihr Rad auf den Hof, als das Handy klingelte.

„Henning? Alles klar?" Sie freute sich über den Anruf.

„Blöde Frage", lachte der gequält.

„Oh, ja, sorry!"

„Also, du hast ja gesagt, ich könnte dein Angebot annehmen. Ich glaube, das täte ich gern."

„Wann kommst du?"

„Dreh dich mal um!"

Verwundert drehte Anne sich um und entdeckte Henning Selzer, der gegenüber geparkt hatte und gerade aus seinem Auto stieg. Er sah müde aus. Müde und irgendwie zerknittert.

„Kommst du vom Dienst?", fragte sie.

„Ja, und ich hoffe, du kannst mich irgendwie ein bisschen aufbauen. Ich bräuchte entweder starken Kaffee oder nen Baldriantee."

Anne lachte. „Hätte ich beides da. Komm rein!"

Als sie gleich darauf mit ihren Kaffeetassen im Garten saßen, erzählte Henning vom Sachstand: „Es ist klar, dass ich das alles ersetzt bekomme, aber wann und in welcher Höhe, das ist halt noch die Frage, und bis das geklärt ist, kann's dauern. Mein Nachbar ist zwar ein lieber Kerl und ich bin ihm auch sehr dankbar für die Soforthilfe, aber er hat plötzlich sein Mutter-Theresa-Gen entdeckt, scheint's."

„Was ist das denn?", wollte Anne wissen.

„Na, er bemuttert mich schlimmer als jedes Kleinkind. Ich muss ihm mittlerweile sogar sagen, wie lange ich wegbleiben werde und was ich dann gern zu essen hätte. Und wehe, ich bin eine Viertelstunde zu spät!"

„Jaja, so ist das eben. Würde dir in jeder Ehe auch so gehen!", meinte Anne.

„Echt? Und ich hatte immer noch Hoffnung ..."

„Aber andererseits ist das doch auch das Verlässliche. Ich mein', wer halt immer lecker was zu essen auf dem Tisch stehen haben will, der muss schon auch akzeptieren, dass der Koch ein paar Rahmendaten braucht, damit das klappt. Logisch, oder?"

„Wenn man's so sieht, na gut. Aber Siegbert hat mich zu seinem Lebenszweck erkoren, das ist ganz schön anstrengend!"

„Das ging aber schnell, was?"

„O ja. Du, ich bin hundemüde. Hast du nun Platz für mich?"

„Jede Menge, such dir was aus."

Anne winkte Henning, ihr über den Hof ins Haus zu folgen. Dort stieg sie mit ihm ins Obergeschoss und zeigte in die offen stehenden Zimmer: „Bad, Lukas, Emma, ich. Die Kinder sind außer Haus, da kannst du dich auf jeden Fall einrichten."

Henning lehnte sich in den Türrahmen zu Annes Schlafzimmer. „Und das hier ist deins?"

„Hm."

„Dein Ehebett?"

„Nee, wirklich nicht mehr. Das habe ich rausgeschmissen und mir lieber was richtig Schönes und Bequemes zugelegt. Was zum Wohlfühlen, wenn ich schon allein drin liege, nichts Praktisches wie vorher."

Anne lief ins Bad und legte einen Stapel Handtücher auf den Rand der Badewanne. „Hier, bedien dich einfach", sagte sie. „Ich fahr mal eben noch einkaufen, hast du spezielle Wünsche?"

„Nee, bloß endlich ein Bett!", seufzte der Notarzt.

„Okay, hau dich hin, ich bin dann on tour."

Als Anne zurückkam, hörte sie schon unten an der Haustür, dass Henning tief und fest schlief. Ob er immer so laut schnarchte? Sie schlich sich nach oben und suchte in den Kinderzimmern vergeblich nach ihrem Gast. Er hatte sich in voller Montur einfach auf ihr Bett fallen lassen, halb in die Decke gerollt und war erschöpft eingeschlafen. Annes Blick schweifte durch ihr Zimmer und bemerkte, was selten genug vorkam, die Unordnung. Eilig sammelte sie einige Kleidungsstücke vom Boden auf, damit Henning beim Erwachen nicht sah, wie selten sie aufräumte. Zuoberst kam die Bluse zu liegen, die Anne vorgestern bei der After-Work-Party getragen hatte. Gedankenverloren zupfte sie zwei oder drei Haare vom Stoff. Mist, bald wäre sie auch eine Kandidatin für plantur 39! Plötzlich schoss ihr eine Idee durch den Kopf und sie nahm die Wäsche mit ins Bad. Alle Kleider bis auf die Bluse stopfte sie in den Wäschekorb. Die Bluse aber schüttelte sie über dem Waschbecken aus und stellte erneut beunruhigt fest, wie viele Haare sie offensichtlich gerade ganz nebenbei verlor. Zwei Haare interessierten sie jedoch viel mehr: Sie waren deutlich sichtbar nicht von ihr! Henning war ihr nahe genug gekommen – und Carsten beim Tanzen! Aus ihrer

Jackentasche unten im Hausflur nestelte Anne zwei kleine Plastikbeutel. In den einen beförderte sie die beiden Haare, in den anderen einen silbernen Anhänger, den sie vorgestern um den Hals getragen hatte: Carsten hatte ihn in die Hand genommen und bewundert. Anne wurde immer unruhiger: Sie hatte Carsten zweimal zufällig getroffen: Einmal hatte sie auf Meddoc gewartet und der war nicht aufgetaucht. Beim zweiten Mal hatte sie ihn getroffen und später erfahren, dass die verschwundene Frau Katz mit Meddoc verabredet gewesen war. Ziemlich viel Zufall, fand Anne. Sie kochte sich nun selbst einen Baldriantee, der zwar furchtbar schmeckte, sie aber auch ein wenig beruhigte. Allerdings wirklich nur ein wenig. Sie legte sich in Emmas Bett und las noch die halbe Nacht in einem Krimi, der im nahen Mannheim spielte und der sie eigentlich nur noch weiter aufregte, weil er so schrecklich schlecht recherchiert war.

Früh am nächsten Morgen wachte Anne auf, weil ihr Wecker klingelte. Den hörte sie sogar von Zimmer zu Zimmer, denn sie musste aufstehen und in ihr Schlafzimmer laufen, um das Gedudel aus dem Radio zu beenden. Ihr eigenes Bett war leer. Aus der Küche kamen schon gedämpfte Geräusche von klapperndem Geschirr.

„Gut geschlafen?“, begrüßte Henning Anne, als sie fertig geduscht und angezogen in die Küche kam.

„Doch, ja. Wenigstens hast du nachts nicht mehr so geschnarcht wie am frühen Abend!“

„Ich schnarche nicht!“

„Das sagen sie alle.“

„Spiegelei?“

„Gern!“

„Kaffee?“

„Sowieso!“

Anne ließ sich bedienen und genoss den ungewohnten Service. „Wann musst du eigentlich los?“, fragte sie.

„Gleich. Zehn Minuten hab ich noch. Und du?“

„Ich auch. Ich fahr mit dem Rad, ist ja wieder klasse Wetter!“

„Gute Idee. Ich hab bloß kein Rad hier, da muss ich demnächst mal zu Hause vorbei.“

Zehn Minuten später standen beide reisefertig an der Haustür. „Ja dann ...“, begann Anne, unschlüssig, wie sie sich jetzt verabschieden sollte.

Henning hatte da offensichtlich weniger Probleme: Er nahm Anne in den Arm, drückte ihr einen Kuss auf die Backe, griff nach seinem Rucksack und rief im Hinausgehen: „Bis heute Abend! Ich dürfte so um sieben zurück sein, ich koch’ uns was!“

Der Fahrradweg führte Anne entlang der Landstraße über Herrnsheim bis nach Worms in die Innenstadt, und die Strecke durch das offene Feld genoss sie sehr: Noch stand die sommerliche Hitze nicht über den Äckern, die Luft war frisch und kühl, und in den Weinbergen rechterhand zwitscherten die Vögel. In der Stadt wandelte sich dieses idyllische Bild natürlich schnell, hier war die Wärme kaum gewichen. Die Stadtgärtner bemühten sich schon um diese Tageszeit, die Blumenrabatten in den öffentlichen Anlagen ausreichend zu wässern. Die Sonne strahlte wieder vom wolkenlosen Himmel und es hätte Anne nicht weiter verwundert, wenn irgendeine bekannte Western-Melodie erklungen wäre, so ausgetrocknet und staubig wirkte alles. Sie kettete ihr Fahrrad im Hof der Polizeidirektion am Fahrradständer an und stieg hinauf zu den Räumen des K1 im dritten Stock. Dort betrat sie zuerst das Büro von Matthes Horrweiler, der verwundert aufblickte, als er Anne zur Tür hereinkommen sah.

„Guten Morgen! Matthes, ich hab da was für dich, das wäre eilig!“ Anne zog die beiden Plastiktütchen aus der Tasche, die sie abends zuvor in ihrem Bad befüllt hatte.

Matthes griff nach den Beuteln und hielt sie hoch. „Haare und ein Anhänger. Muss ich dazu was wissen?“

„Auf dem Anhänger sind meine Fingerabdrücke. Die anderen, die würden mich interessieren. Und bei den Haaren natürlich, von wem die sind. Also, ob die DNA sich womöglich schon mal irgendwo befunden hat. Kannst du das mal ganz diskret rauskriegen?“

„Wie diskret?“

„Keine Sorge, es ist nichts Privates. Es hat mit Meddoc zu tun. Ich habe da so eine Idee.“

„Aha“, sagte Matthes Horrweiler. „Will heißen: Weiteres Nachfragen hat keinen Zweck, oder?“

„Genau. Wie lange brauchst du?“

„Die Fingerabdrücke gehen schnell, aber die Haare muss ich ans Labor schicken, rechne mal mit mindestens anderthalb Tagen.“

„Okay, dann mal los! Und danke vorab!“

„Du brauchst dich gar nicht erst hinzusetzen“, sagte Norbert Olmer, als Anne Mettenheimer das Büro betrat. „Wir haben die Identität von Meddoc.“

Eilig liefen die Kommissare die Treppen hinunter und zum Dienstwagen. Auf der Fahrt informierte Olmer seine Kollegin genauer: „Er heißt Jochen Schmitt und wohnt in Flörsheim-Dalsheim.“

In der Alzeyer Straße hielten sie vor einem alten Winzerhaus an. Auf dem Hof stand ein gutes Dutzend blühender

Oleanderbüsche in Kübeln, die in den verschiedensten Farben um die Wette zu blühen schienen.

Sie blickten sich noch suchend um, da trat eine alte Frau aus dem Haus. „Ja?", fragte sie.

„Guten Tag, Kriminalhauptkommissar Olmer von der Kriminalinspektion Worms, dies ist meine Kollegin Mettenheimer, wir würden gern Jochen Schmitt sprechen."

„Den Jochen?", fragte die Frau und runzelte die Stirn. „Sind Sie sicher?"

„Ja, doch."

„Mein Name ist auch Schmitt, Magdalena Schmitt. Der Jochen ist mein Sohn. Also, er war es. Er liegt seit gut einem Jahr auf dem Friedhof."

Anne fing sich zuerst wieder: „Oh, das tut uns leid, das wussten wir nicht. Aber dürfen wir Ihnen ein Bild zeigen?"

Die Frau nickte und sah sich das Foto von Meddoc an, das er Lea Katz geschickt hatte. „Nein, den kenne ich nicht. Wer soll das sein?"

Olmer sagte: „Dieser Mann – oder jemand, der dieses Foto benutzt hat – hat sich im Internet als Jochen Schmitt ausgegeben und sich mit Frauen getroffen, die nun verschwunden sind."

„Herrje, wie furchtbar! Und das hat er im Namen vom Jochen gemacht? Was ist denn das für einer?"

„Tja", sagte Anne, „das versuchen wir auch gerade herauszufinden. Offensichtlich jemand, der nicht entdeckt werden will, weshalb wir es natürlich besonders eilig haben, zu erfahren, wo die Frauen geblieben sind."

„Ich hoffe, Sie finden den bald!", sagte die alte Frau Schmitt und brachte die Kommissare zum Hoftor.

In einer Bäckerei kaufte Anne zwei Kaffeestückchen und zwei Becher Kaffee. Sie überredete ihren Chef, sich mit ihr und dem zweiten Frühstück am Rand der Weinberge im Schatten eines Nussbaums auf eine Bank zu setzen.

„Schade, dass wir Jochen Schmitt nicht mehr fragen können, ob er vielleicht weiß, wer Meddoc sein könnte", seufzte Anne, und Olmer ergänzte: „Ja, ziemlich frustrierend!"

Da klingelte Annes Handy. Mit klebrigen Fingern vom Puddingteilchen angelte sie das Telefon aus der Hosentasche. „Ach, Matthes! Na, was gibt's?", fragte sie. „Aha! Na, guck! Soso! Danke, das hilft uns weiter, großartig! Ja, na klar, wo denn? Okay, ja, das kann ich mir merken. Danke, Matthes, du hast was gut! Und die DNA jetzt erst recht, ja! Tschüs, Matthes!"

Norbert Olmer wartete schon ungeduldig, und Anne ließ ihn noch einen Moment zappeln. „Hast du mal eine Serviette irgendwo?", fragte sie.

„Anne, lass den Blödsinn! Matthes ruft doch nicht grundlos an, und so, wie du geantwortet hast, hat er was Wichtiges rausgefunden. Nun sag schon!"

„Ich habe Matthes heute Morgen ein Schmuckstück gegeben, das jemand in der Hand gehabt hat, der mir zweimal begegnet ist, als Meddoc ebenfalls hätte dort sein können oder sollen."

„Wer ist das?"

„Du musst mir aber erstmal absolute Diskretion versprechen, Norbert!"

„Wieso das denn? Nun red endlich!"

„Erst dein Versprechen!"

„Jaja, ist ja gut, ich schwöre. Reicht das?"

„Ich hoffe es. Also: Ich habe mich auch einmal mit einem Mann aus dem *Athenet*-Angebot getroffen, und dessen Fingerabdrücke sind es."

„Ja und?"

„Es sind dieselben wie in Elfi Heckers Auto."

Norbert Olmer war sprachlos. Er rührte erst noch einmal in seinem mittlerweile nur noch lauwarmen Kaffee herum, bevor er fragte: „Tatsächlich? Du? Hast du sowas nötig?"

„Norbert! Die Fingerabdrücke!"

„Ja, gut, ist ja auch deine Sache. Aber sei vorsichtig, hörst du? Man weiß ja nie ..."

„Du klingst wie meine Mutter!"

„Ich mache mir eben Sorgen! Und du bist sicher, dass Meddoc jedes Mal hätte dort sein können?"

„Ja, jedes Mal."

„Gut, wer ist der Cyber-Traummann und wo wohnt er?"

„Er ist kein Traummann! Wir haben uns auch nicht mehr getroffen!"

„Na, dann bin ich ja beruhigt. Also: Wohin geht's?"

Anne begann zu schwitzen, aber sie musste es jetzt sagen: „Es ist der, den ich mit Lea Katz gesehen habe."

„Der Arzt? Carsten Irgendwie? Oha!"

Einige Minuten später hielt der weiße Passat vor einem relativ neu gebauten Reihenhaus am Rand von Herrnsheim, dem Wormser Stadtteil, an dessen anderem Ende auf dem Hügel das Klinikum stand. Das Haus war hellgrau gestrichen, wie einige andere auch. Andere waren blass hellblau, weiß oder hellgelb getönt. Eine triste Farbgebung, fand Anne, und speziell in ein graues Haus wäre sie niemals grundlos eingezogen. Aber das hatte ja mit dem Fall nichts zu tun, rief sie sich zur Ordnung.

„Dr. Carsten Bamberger?", fragte Norbert Olmer, als Carsten die Tür öffnete. Er wirkte verschlafen und hatte nur Baumwollshorts und ein T-Shirt an. „Äh, ja, warum?"

Olmer stellte sich und Anne vor und bat um Einlass,

den Dr. Bamberger gewährte, ohne zu erkennen zu geben, dass er durchaus wusste, wer Anne war. Er schickte seinen Besuch ins Esszimmer vor und zog sich danach im ersten Stockwerk eilig eine Hose an. „Sie müssen entschuldigen, ich hatte Nachtdienst und bin eben erst aufgewacht“, sagte er, als er sich mit an den Tisch setzte. Nun entschloss er sich doch, etwas zu verraten: „Herr Kommissar, ich muss gestehen, dass ich Ihre Kollegin bereits kenne.“ Olmer fragte nur: „Kennen Sie auch Lea Katz?“

Bamberger dachte nach und antwortete dann: „Nicht, dass ich wüsste.“

„Denken Sie nochmal nach, bitte.“

„Nein. Der Name sagt mir nichts.“ Bamberger schüttelte den Kopf.

„Sie sind aber mit ihr gesehen worden.“

„Was ist denn überhaupt los? Wieso muss ich so eine Frage beantworten?“

„Frau Katz ist vermisst gemeldet, und ich habe dich am Donnerstag mit ihr zusammen das *Wormser* verlassen sehen, Carsten“, sagte Anne.

„Ach, die Frau hieß Katz? Lea, ja, aber mehr wusste ich von ihr nicht.“

„Ja, und, was kannst du dazu sagen? Wo bist du mit ihr hin?“

„Oh, das war schnell erledigt: Sie wollte mich mit zu sich nach Hause nehmen, aber das ging mir zu schnell. Ihr ging alles zu langsam, also haben wir uns nach einer guten Viertelstunde Debatte auf dem Parkplatz jeder in das eigene Auto gesetzt und nicht mehr getroffen.“

„Hat Sie jemand auf dem Parkplatz gesehen, der das bestätigen könnte?“, fragte Norbert Olmer.

„Darauf habe ich nicht geachtet, ehrlich gesagt.“

„Gut", sagte Anne. „Dann machen wir mal mit Elfi Hecker weiter. Kennst du die?"

„Elfi Hecker? Nein, auch nicht. Also, diesmal wirklich nicht, überhaupt keine Elfi."

„Wie kommen dann deine Fingerabdrücke auf das Lenkrad in ihrem Wagen?"

„Das weiß ich nicht."

„Und wieso ist Elfi Hecker verschwunden und ihr Wagen wird leer auf der Autobahnraststätte gefunden? Eben mit deinen Fingerabdrücken?"

„Das kann ich mir auch nicht erklären", sagte Dr. Bamberger gelassen und sah Anne mit festem Blick an.

„Dann kommen wir mal zu Jochen Schmitt. Dessen Identität haben Sie als Meddoc benutzt. Warum?", fragte Olmer.

„Als Meddoc? Und wer ist Jochen Schmitt? Sie überfordern mich gerade mit all diesen Fragen. Was reimen Sie sich da eigentlich zusammen?"

„Carsten, findest du es nicht merkwürdig, dass du überall dort bist, wo ein Mann mit dem Decknamen Meddoc sein Erscheinen angekündigt hat? Und dass mittlerweile drei Frauen verschwunden sind, mit denen Meddoc Kontakt hatte? Und zwar immer über *Athenet*? Und dass deine Fingerabdrücke auch noch bei einer dieser Frauen im Auto gefunden werden?"

Bamberger schüttelte den Kopf: „Drei Frauen, das wird ja immer besser! Sind Sie sicher, dass es nur drei sind?", fragte er genervt.

„Sag du's uns!", forderte Anne. „Oder vielleicht fängst du mal mit deinen Fingerabdrücken in Elfi Heckers Wagen an!"

„Ja, woher soll ich das denn wissen?", fragte Carsten und zuckte mit den Schultern. „Ach so, war das ein schwarzer Kombi?"

Norbert Olmer nickte.

„Ich habe neulich auf dem Supermarkt-Parkplatz einer Frau geholfen, deren Lenkradschloss eingerastet war und das offensichtlich klemmte. Ich musste ziemlich ruckeln, bis sich das wieder gelöst hatte. Vielleicht ist das der Wagen dieser Frau gewesen?"

„Tolle Erklärung!" Anne glaubte ihm kein Wort. Olmer hingegen wollte wissen, wie die Frau ausgesehen habe.

„Oh, sie war wohl nicht mein Typ, denn sie ist mir nicht weiter aufgefallen. Leider kann ich nur die vermutlich typische Beschreibung abgeben: Mittelalt, mittelgroß, tut mir leid. Kommen eigentlich noch viele Fragen? Ich müsste langsam mal etwas essen und einkaufen."

„Der hat uns doch ganz elegant abserviert!", schnaubte Anne, kaum, dass sie vor dem Haus wieder im Auto saßen. „Meddoc: Medizin-Doktor; Carsmed: Carsten, Mediziner, das sind viel zu einfache Pseudonyme! Das ist er beides, glaub's mir!"

„Aber die Frage ist, wie wir ihm das nachweisen können", sagte Olmer nachdenklich und blickte zurück zum Haus. „Weißt du, falls er es nicht ist, wäre das genauso blöd, wenn ihm keiner glaubt. Stell dir mal vor, du wärest in der Situation und keiner nimmt dir die Wahrheit ab."

„Klar glaubt ihm keiner! Gutaussehender Arzt rettet mittelmäßige Landfrau mit eingerastetem Lenkradschloss, das gibt's doch nur im Groschenroman!"

„Ja, möglich. Aber wir haben nichts Greifbares in der Hand. Komm, fahr los, ich will nach Hause, heute kommt Fußball. Ich rufe derweil nochmal Matthes an, der soll morgen früh in der Wohnung von Birgit Dexheimer nach Spuren suchen. Vielleicht war Meddoc ja mal dort und er findet etwas.“ Nobert Olmer zückte sein Handy und tippte Horrweilers Kurzwahl an, während Anne schlecht gelaunt durch den Wormser Feierabendverkehr Richtung Hagenstraße fuhr, um kurz darauf den Dienstwagen auf dem Hof abzustellen, ihrem Chef einen schönen sportlichen Abend zu wünschen und selbst noch ins Büro zu gehen und missmutig den Bericht zu Bambergers Befragung zu beginnen. Nach wenigen Minuten schweifte Anne aber völlig ab: Komisch, seit Tagen hatte sich schon kein Typ von *Athenet* mehr gemeldet. Wenn man selbst nicht täglich aktiv blieb, rutschte man wohl im Angebot gleich weiter nach unten und fiel niemandem mehr auf. Es hatte aber auch keiner gesagt, dass man sich einfach nur anmelden musste und der Traumprinz würde einen schon finden. Anne hörte sich seufzen und verschob das Beenden des Berichts auf morgen. Immerhin hatte eben ihr Smartphone gepiepst und eine neue Nachricht gemeldet: Aha, die Kinder! „Mama, wir waren auf dem Meer, Lukas hat gekotzt.“ Anne lächelte und tippte: „So dolle Wellen?“ Wenigen Sekunden später kam die Antwort: „Nö. Er sollte den geangelten Tintenfisch an Land essen.“

„Blöde Petze! Mama, das war wirklich total eklig! Und auf dem Meer war Emma echt grün im Gesicht. Ich nicht.“ Anne wünschte beiden gute Besserung, woraufhin sie keine Antworten mehr bekam. Wahrscheinlich waren die Kinder längst von irgendetwas abgelenkt worden. Dann piepste das Gerät doch noch einmal: „Anne, hast du Zeit?“ Henning!

„Klar!“

„Wann?“

„Jetzt!“

„*Traube*? Halbe Stunde?“

„Bis gleich!“

Kriminaltango: Hallo Meddoc, unser Treffen ist ja völlig schief gelaufen und ich hatte einfach in den letzten Tagen zuviel Arbeit/den Kopf nicht frei. Ich will dich aber trotzdem endlich treffen. Wagen wir einen neuen Versuch?
Meddoc: Wieder um sieben in der Strandbar? Morgen? Ich sitze wieder ganz nah am Fluss und versuche, nicht allzu jung auszusehen.
Kriminaltango: Perfekt! Und ich werde versuchen, dich diesmal zu finden. Bis morgen!
Meddoc: smile emoticon

„Wolltest du uns nicht was kochen?", fragte Anne statt einer Begrüßung. „Ich erinnere mich da an ein heldenhaftes Versprechen von heute Morgen."

„Erwischt! Aber ich habe heute schon an viel zu viel Fleisch rumgeschnippelt, mir reicht's!"

„Du hättest ja auch was Vegetarisches machen können!", schlug Anne vor.

„Okay, ich bin einfach nur platt und würde gern mit dir was essen, ohne dass sich einer von uns noch in die Küche quälen muss nach einem langen Arbeitstag." Henning konzentrierte sich auf die Speisekarte.

Als schließlich die seit Jahren favorisierte „Schweinelende Gärtnerin" vor ihr stand und der erste halbe Riesling getrunken war, war Anne wieder versöhnt. Obwohl sie gleichzeitig völlig beunruhigt war, weil Erich, der Wirt der Traube, der seit Menschengedenken seine Wirtschaft betrieb, vorhin beim Servieren sinngemäß gebrummt hatte, ewig sei er auch nicht der Diener der Polizei. Das klang nicht bloß nach schlechter Laune, die Erich ebenfalls seit Menschengedenken bedenkenlos auslebte, sondern nach einer Ankündigung: Wollte er etwa in Rente gehen? Nur das nicht! Henning meinte, Anne höre die Flöhe husten. Außerdem könne ja ein eventueller Nachfolger einfach so die Speisekarte übernehmen, dann sei Anne doch gerettet. „Wart's erst mal ab", riet er. „Wahrscheinlich ist dem Erich wieder mal irgendeine Laus über die Leber gelaufen und morgen erzählt er wieder allen, er werde den Job noch bis zum hundertsten Geburtstag machen." Henning schob sich ein üppiges Stück Rumpsteak in den Mund und kaute zufrieden. Noch vor dem Herunterschlucken sagte er: „Bevor ich das vergesse: Ich soll dich von Lulu grüßen." Anne runzelte die Stirn: „Lulu?"

„Meiner Nichte. Sie sagt, sie kennt dich."

„Du redest mit deiner Nichte über mich?"

„Klar, warum nicht? Sie wollte einfach wissen, wo ich jetzt untergekommen bin."

„Aha, und was hast du ihr da gesagt?"

Henning kaute an seinem nächsten Bissen, sodass Anne nur „Freundin" verstand.

„Wie jetzt genau?", wollte sie wissen.

„Ich hab ihr gesagt, ich wohne jetzt bei meiner Freundin Anne Mettenheimer. Und daraufhin hat sie gesagt, dass sie dich kennt und dass ich Grüße ausrichten soll."

„Aha. Hast du meine Freundin gesagt oder meine Freundin Anne?"

„Wieso? Macht das einen Unterschied?"

„Doch, ja. Ich bin mittlerweile sicher deine Freundin Anne, aber ob ich deine Freundin bin, weiß ich noch gar nicht."

Henning rollte mit den Augen. „So genau weiß ich jetzt auch nicht mehr, was ich gesagt habe."

„Dann glaubt sie jetzt, wir hätten was miteinander, oder?", fragte Anne.

„Weiß nicht. Wär' das so schlimm?"

„Na ja, vielleicht sollte ich wenigstens eher davon wissen als deine Nichte."

Henning grinste: „Dann sollten wir also schnellstens was miteinander anfangen!"

Anne wusste nun plötzlich gar nicht mehr, wie sie darauf reagieren sollte. Daher lenkte sie ab: „Außerdem kenne ich gar keine Lulu!"

„Doch, die kennt fast jeder, die hat im Fernsehen Karriere gemacht, als Lulu bei Stars On Stage, aber sie sagt, du kennst sie noch aus der Zeit, als sie noch Mary-Lou war. Dabei heißt sie ja eigentlich Marie-Luise. Selzer mit Nachnamen. Wie ich halt."

„Nein!", entfuhr es der überraschten Anne jetzt. „Mary-Lou ist deine Nichte? Boah!"

Henning lachte. „Ja, sie ist nicht gerade den Weg gegangen, der alle Eltern glücklich macht, aber jetzt ist sie so reich und berühmt, dass nur noch selten jemand fragt, was vorher gewesen ist."

Anne musste sich eingestehen, dass sie den Werdegang einer Lulu von „Stars On Stage" nicht verfolgt hatte, zumal das bei Tele7 geschah, einem Sender, den sie nur äußerst selten und eher aus Versehen einschaltete. Aber an Mary-Lou Selzer konnte sie sich erinnern, denn die hatte vor der Karriere als Sängerin mit extrem kurzem Lederrock für den „Nachtschatten" gearbeitet, ein Etablissement in der Wormser Innenstadt mit ganz besonderem Ruf. Dort hatte sie einen Osthofener Winzer kennengelernt, der geglaubt hatte, er werde durch Mary-Lou an seiner Seite wieder jung. Stattdessen hatte man den Winzer eines Tages tot in einem der unterirdischen Gänge hinter seinem eigenen Weinkeller aufgefunden. Aber Hennings Nichte hatte mit all dem nichts mehr zu tun gehabt, denn sie war bereits als Lulu unterwegs gewesen.

„Ich komm eigentlich gut mit der Lulu klar“, sagte Henning. „Sie war halt mal ein bisschen auf einer schieferen Bahn, aber mittlerweile ist ja die ganze Sippe total stolz auf sie.“ Anne fragte sich, wie sie reagieren würde, wenn ihre Tochter eine derartige Karriere hinlegen würde. Genau in diesem Moment meldete sich Emma: „Mama, Lukas kotzt grad nochmal!“ Anne schrieb zurück: „Oh, wieder Tintenfisch?“

„Achterbahn im Vergnügungspark!“

„Ach so. Kein Mitleid in dem Fall. Trotzdem gute Besserung an Lukas!“

Nach dem zweiten Riesling beschlossen Anne und Henning, den Rest des Abends „zu Hause“ zu verbringen, was Henning offensichtlich mühelos über die Lippen kam. Er hatte berichtet, die Versicherungen stritten sich immer noch, was die Übernahme der Schadenshöhe anging, und so lange könne er quasi überhaupt nichts in Angriff nehmen. Also habe er noch einige Kisten mit Kleidung und anderen wichtigen Dingen aus seinem Haus geholt, die noch im Auto stünden, die er aber „mit nach Hause“ nehmen wolle. So war das nun also.

Anne war noch nicht richtig wach, als sie merkte, dass Henning sich auf einen Arm gestützt hatte und sie ansah: „So, bist du dann jetzt endlich nicht mehr nur meine Freundin Anne, sondern meine Freundin?“, fragte er. Anne brauchte noch einen Moment, bevor sie sortiert hatte, was gewesen war, nachdem sie die Selzerschen Kartons in ihrem Haus verstaut hatten. Sie brummte: „Nach einer einzigen Nacht? Du spinnst wohl, die Testphase dauert länger – zumal in deinem Alter!“

„Und in deinem!“

„Mann, warum bist du schon so wach? Wie lange gilt denn das Umtauschrecht?“

„Ohne Kassenzettel läuft da gar nix!“, befand Henning, küsste Anne auf die Backe und rollte sich mit Schwung aus dem Bett. Kurz darauf hörte Anne den Espressokocher unten in der Küche röcheln. Also torkelte sie ins Bad und versuchte, sich mit einer ausgiebigen Dusche zu wecken. Doch erst der rabenschwarze Kaffee ließ sie zu sich kommen.

„Du sagst gar nichts“, meinte Henning.

„Ich bin viel zu müde.“

„Was ’ne blöde Ausrede!“

„Ich weiß es doch auch nicht. Willst du jetzt wissen, wie du warst?“

„Nee, lass stecken! Aber ob ich heute Abend noch hier wohne, zum Beispiel.“

Anne blickte auf. „Aber das hat doch nichts mit letzter Nacht zu tun.“

„Meine Güte, bist du schwer von Begriff!“, stöhnte Henning. „Was sag ich denn jetzt der Lulu?“

„Was würdest du denn sagen?“

„Aha, Gegenfrage, soso. Bloß nicht festlegen, oder?“

Das Handy rettete Anne aus der Klemme. Was sollte sie denn auch sagen, was wollte er denn auch hören? Und konnte man über derlei nicht sowieso erst reden, wenn man hellwach war und sich Zeit genommen hatte, ein paar Gedanken zum Thema durchzuspielen?

„Ja, Mettenheimer!“, meldete sie sich.

„Hier Kippe!“, kam es zurück.

„Oh, was verschafft mir die Ehre?“ Anne war ehrlich überrascht.

Dr. Wolfram Kippenberg arbeitete als Rechtsmediziner in

Mainz und war jeweils zuständig, wenn das K1 in Worms mit einem Todesfall beschäftigt war. Vor Jahren hatte er sich einmal kurz und heftig für Anne interessiert, danach auch für Sonja Drais, aber eigentlich war er der typische einsame Wolf: Kettenrauchend und schrullig tauchte er bei jedem Mordfall mit seinem uralten Mercedes auf und hatte zu diesem sicher ein besseres oder zumindest stabileres Verhältnis als zu irgendeinem Menschen in seinem Umfeld.

„Wieso sagt mir keiner Bescheid?“, fragte Kippe.

„Bescheid? Was ist denn passiert?“, wollte Anne wissen.

„Na, euch fehlen doch gleich mehrere Frauen, hab ich gehört. Oder?“

„Ja, und? Eine Leiche ist aber doch gar nicht gefunden worden. Wobei ich hoffe, dass das auch so bleibt. Warum also hätte dich jemand informieren sollen?“

„Weil ich eine der verschwundenen Frauen kenne, Birgit Dexheimer.“

„Nee, oder?!“

„Ich habe mich sogar ein paarmal mit ihr getroffen. Biggi73, den Usernamen kennst du ja sicher schon.“

Anne staunte: „Ach, du hast sie über *Athenet* kennen gelernt?“

„Ja, aber ihr seid offensichtlich noch nicht über mein Profil dort gestolpert. Ich habe eigentlich schon seit ein paar Tagen darauf gewartet, dass du anrufst.“

„Wie nennst du dich denn im Netz?“

„Pffft, das werde ich dir jetzt nicht verraten, wenn du es nicht selbst rausgekriegt hast. Jedenfalls habe ich mich vor gut einem Vierteljahr zum ersten Mal mit Birgit Dexheimer getroffen“, berichtete Kippenberg.

„Und?“

„Och, ganz nett, bisschen spießig vielleicht. Ich war auch

ein paarmal bei ihr in der Wohnung, das heißt, ihr könntet dort möglicherweise auch Spuren von mir finden. Ich habe aber seit acht Wochen den Kontakt abgebrochen. Wir passen irgendwie nicht zusammen."

„Und das hat sie akzeptiert?"

„Ja, erstaunlich locker. Sie hat mir geschrieben, sie hätte da sowieso noch jemand anderen an der Angel und ich solle mir keine Gedanken machen, sie habe kein Problem mit der Trennung."

„Trennung? Aha, soweit war das schon bei euch?"

„Nein, aber Abbruch der Beziehung klingt so militärisch, oder?"

Anne lachte. „Stimmt!"

Dann fragte sie: „Aber wenn du doch in den Wochen vor ihrem Verschwinden gar keinen Kontakt mehr zu ihr hattest, warum machst du dir dann Sorgen, dass wir auf dich kommen?"

„Ja nee, Sorgen sind das ja nicht. Ich wollte eher noch was loswerden, was mir aufgefallen ist. Biggi schien ganz gezielt auf der Suche nach einem Arzt zu sein. Intelligent, wohlhabend, gutaussehend – und eben im weißen Kittel. Da steht sie wohl drauf."

„Oha, dann bist du also an welchem ihrer Kriterien gescheitert?", gluckste Anne, erwartete absolut keine Auskunft und markierte gedanklich „gutaussehend" als richtige Antwort.

„Ja, also, ich wollte dir das eigentlich nur mitteilen", sagte Kippe.

Anne wunderte sich, denn Birgit Dexheimers Mailkontakte über *Athenet* waren ja nicht alle Mediziner gewesen, andererseits führte nun wieder ein Hinweis zu Carsten Bamberger. Gleich darauf verwarf Anne diese Idee wieder: Woher sollte man wissen, ob ein abgelehnter Mediziner oder ein abgelehnter Industriearbeiter oder sonst wer mit Biggis Verschwinden zu tun haben konnte? Oder vielleicht gerade kein abgelehnter Mann. Oder irgendjemand aus ihrem Umfeld. Oder ein ganz Fremder. Oder überhaupt niemand. Anne freute sich zwar über Kippes Mitteilung, denn sie musste schmunzeln, wenn sie sich den dürren Rechtsmediziner als Kavalier mit einzelner Rose beim ersten Date vorstellte, aber den Fall brachte er auch nicht weiter vorwärts. Anne verabschiedete sich von Kippe mit dem Versprechen, sich bald mal wieder zu melden und endlich gemeinsam irgendwo einen Schoppen trinken zu gehen. „Jetzt wird's aber höchste Zeit!", sagte sie zu sich selbst nach einem Blick auf die Küchenuhr. In weniger als einer Viertelstunde sollte die morgendliche Besprechung im K1 stattfinden, das wäre kaum noch zu schaffen. Auf der Suche nach Henning musste Anne feststellen, dass er Haus und Hof bereits verlassen, aber ein Zettelchen auf den Küchentisch gelegt hatte: „Bin gegen sieben zurück. Bist du dann wach?" Kein Kürzel, kein Herzchen, kein Nichts. Na gut, ermutigt fühlen konnte er sich ja auch nicht, gestand sich Anne ein.

Im Büro wurde Anne bereits erwartet. „Du bist spät!", sagte Norbert Olmer, als sie gute zwanzig Minuten nach dem verabredeten Termin zum Treffen kam.

Aber anstatt eine Rechtfertigung abzuwarten, berichtete der Chef, dass er Rolf Iben mittlerweile bereits über den gestrigen Besuch bei Dr. Bamberger informiert habe und Matthes Horrweiler gerade in der Wohnung von Birgt Dexheimer nach Spuren suche, also brauche man sich nicht lange aufzuhalten.

„Also, ich hätte da noch was", meldete sich Anne Mettenheimer und berichtete von Kippes Anruf und ihren Überlegungen dazu, denen sich die Kollegen anschlossen. Anne merkte, dass sie völlig vergessen hatte, Kippe zu fragen, woher er wusste, dass Birgit Dexheimer vermisst wurde. Er hatte wohl noch andere gute Kontakte zum K1.

„Trotzdem: Unergiebig, das alles!“. Norbert Olmer rückte unwirsch seine Krawatte (gelbe Schmetterlinge auf grünem Grund) zurecht. Dann vertiefte er sich in den Aktenstapel an seinem Arbeitsplatz und versuchte ein Ende seines Seehundsschnäuzers zu zwirbeln. Anne am Schreibtisch gegenüber starrte auf die Schmetterlinge: Jetzt bemerkte sie sie auch. Im Bauch! Eben hatte sie an Henning und letzte Nacht gedacht, und nun das!

„Anne, ist alles in Ordnung? Du bist gerade völlig rot angelaufen!“

„Öööhm, nee, alles in Ordnung. Bisschen Blutdruck, weißt du“, wiegelte sie ab und fragte: „Wann will Matthes sich denn melden mit ersten Ergebnissen?“

„Na, erstmal muss er ja gucken, ob er überhaupt was findet“, sagte Olmer und blätterte weiter in seinen Papieren.

Anne kritzelte auf ihrer Schreibunterlage herum. Sie konnte sich nur schlecht konzentrieren und malte verschieden große Kringel aufs Papier. Nach einiger Zeit fiel ihr auf, dass das Rascheln an Olmers Platz aufgehört hatte. Ihr Chef hatte die Akte Akte sein lassen und sich mit verschränkten Armen in seinem Bürostuhl zurückgelehnt.

„Wie lange starrst du mich schon so an?“, wollte Anne wissen.

„Ich starre nicht, ich beobachte. Du bist abgelenkt, kann das sein? Hast du nicht genug geschlafen? Wie heißt der Kerl?“

„Quatsch!“

„Mach mir nichts vor, dafür sitzen wir lange genug im gleichen Büro und im gleichen Auto, Anne!“

„Ich hab heute Abend ein Date“, begann Anne also zum Ablenken.

„Tatsächlich? Mit wem?“

„Keine Sorge, es ist dienstlich. Ich bin noch einmal mit Meddoc verabredet, und wenn Dr. Bamberger dann auftaucht, ist ja alles klar. Sonst erwischen wir den nie, und noch kennt er meine Identität bei *Athenet* ja nicht. Also dachte ich, ich nutze die Chance.“

„Das ist gut!“, nickte Olmer. „Aber das ist nicht der Grund, warum du völlig abwesend psychedelische Muster auf deinen Schreibtisch malst. Sei ehrlich!“

„Ich weiß es doch auch nicht, und spruchreif ist es sowieso noch nicht, also will ich auch nicht drüber reden, alles klar?“, fuhr Anne ihren Chef an und warf eine Mappe auf ihre Kringel-Kunst, in der sie vorgab, eilig etwas zu suchen.

Olmer hob seine Kaffeetasse und versenkte sein Lächeln darin: Da war was im Busch, er war sich ganz sicher.

Anne musste Henning absagen. Um sieben, das klappte heute nicht. Da hatte sie ein dienstliches Date. „Es ist sogar ne nette Location, die Strandbar. Ich komme danach gleich nach Hause, mach dir keine Sorgen um mich“, sagte sie Henning am Handy.

„Sorgen? Nein, wieso?“, fragte er zurück.

„Na ja, ich dachte nur, weil ich halt ein Date mit jemand anderem habe und nicht mit dir.“

„Aber du weißt doch sicher, was du an mir hast. Außerdem bin ich das private Date. Das dienstliche ist hoffentlich männlich weit weniger interessant.“

„Wer weiß?“ Anne konnte es nicht lassen.

„Aha! Wer ist es? Kenne ich ihn?“

„Woher soll ich das wissen? Wir reden später drüber. Stell eine Flasche kalt. Findest du im Keller, bedien dich!“

Anne hatte kaum das Telefonat mit Henning beendet, da meldete sich Matthes Horrweiler: „Anne, ich habe keinerlei Fingerabdrücke von Carsten Bamberger in Birgit Dexheimers Wohnung gefunden. Es wirkt alles frisch geputzt, ehrlich gesagt. Allerdings nur die typischen Stellen, Türklinken, Klodeckel zum Beispiel. Die Küchenschränke und so weiter nicht. Also die Stellen, die du anfasst, wenn du ein erstes Mal da bist, aber nicht beim Kochen hilfst oder so. Tut mir leid, aber wir kommen hier nicht weiter.“

„Danke, Matthes!“, sagte Anne und seufzte. Sie hatte ja gehofft, Bamberger so überführen zu können, also schied diese Variante aus. Ob er nun doch nicht derjenige war, der die Frauen hatte verschwinden lassen? Und wer weiß, vielleicht war das gar kein Mann sondern irgendein dummer Zufall? Ach, Anne war es leid: Eine Leiche irgendwo und ein paar Spuren, da hatte man etwas Konkretes. Aber das hier, das war einfach zuviel Spekulation, kein Fall im eigentlichen Sinne.

Kurz vor sieben machte Anne Mettenheimer sich auf den Weg ans Rheinufer, wo gleich mehrere Gastwirtschaften die Bevölkerung mit verschiedensten kulinarischen Angeboten lockten. Sie suchte sich einen freien Liegestuhl direkt am Wasser, wie Meddoc das auch vorhatte, denn ein Mann saß dort bislang noch nicht, also konnte er noch nicht da sein. Aber er würde sie sofort finden, diesmal.

Anne wartete eine gute halbe Stunde lang, dann kam die Bedienung, die ihr schon vor einiger Zeit ihr Radler serviert hatte, und brachte ein zusammengefaltetes Blatt Papier auf einem Tablett. „Für Sie“, sagte sie.

„Für mich?“, fragte Anne ungläubig.

Die Bedienung zuckte mit den Schultern und meinte: „Keine Ahnung, das habe ich eben an der Theke als Auftrag bekommen.“

„Von wem?“

„Von meiner Chefin. Die hat einen Anruf entgegen genommen und dann was ausgedruckt und mich jetzt so losgeschickt. Ist was nicht in Ordnung?“

„Doch, doch“, sagte Anne und griff nach dem Blatt. „Hi, Kriminaltango, ich kann heute nicht kommen. Ich kann dich ja leider nicht anders erreichen, also muss es so gehen: Meine Traumfrau hat sich endlich gemeldet, sorry, sei mir nicht böse bitte. Gruß Meddoc“

Aha. Da saß sie nun. Abserviert und sitzengelassen. „Shit!“, fluchte Anne, zahlte und fuhr nach Hause.

Das Telefon klingelte, als sie den Hof betrat. „Ja, Mettenheimer!“, rief sie schnaufend nach einem eiligen Spurt bis zum Apparat im Flur. Sie vergaß immer wieder, dass heutzutage alle Telefone ja speicherten, wer angerufen hatte, sodass ein Rückruf ohne Eile problemlos möglich war. Nur gut, dass ihre Kinder nicht mitbekommen hatten, wie „alt“ sie sich mal wieder benommen hatte!

„Ja, hier ist deine Mutter!“

„Ach, Mama! Was gibt's?“

„Das frage ich dich! Warum höre ich nichts, wie es den Kindern geht? Und wann kommst du wieder vorbei?“

Ach je, das Übliche. „Mama, ich hab nen Job, der erledigt sich meist nicht in der üblichen 40-Stunden-Woche. Und die Kinder haben verlauten lassen, sie wären am Kotzen.“ Noch während sie das locker ausgeplaudert hatte, wusste Anne, dass sie einen Fehler gemacht hatte.

„O Gott, sind sie krank?"

„Nein, nein, eins seekrank, eins achterbahnkrank."

„Sie bekommen bestimmt nichts Ordentliches zu essen da auf Mallorca. Hast du ihnen was mitgegeben?"

„Mama, Mallorca ist nicht die Sahara. Da kannst du an jeder Ecke ganz normale Sachen zu essen kriegen. Sie bekommen sicher gutes Essen, und wenn nicht, überleben sie das auch mal für zwei Wochen."

„Wie wenig du dich sorgst! Sei doch mal mehr Mutter."

„Oooooh, nicht wieder diese Nummer!", schimpfte Anne, denn so langsam wurde sie wütend. „Ich bin Mutter genug, das läuft schon alles irgendwie, wir kommen klar."

Aber Mama Mettenheimer musste noch eins obendrauf legen: „Ach, das sieht der Eine so, der Andere anders."

„Was soll denn das? Ich habe dir bloß wahrheitsgemäß berichtet, was die Kinder mir geschrieben haben, und nun bin ich von jetzt auf gleich eine schlechte Mutter. So lange ich mir keine Sorgen mache und die Kinder auch nicht anrufen und heulen, ist doch alles im Rahmen!"

„Na, wie du meinst", hörte Anne noch, und dann war das Gespräch ohne ein weiteres Wort plötzlich beendet.

„Das klang nach Ärger", meinte Henning, der im Türrahmen lehnte. Anne bemerkte ihn erst jetzt und drehte sich um. „Oh, weißt du, wenn meine Mutter nach Tagen anruft, um sich über unterlassene Familienkümmerei zu beschweren, und das auch noch abends nach einem langen Arbeitstag, dann kann das nur so ausgehen. Aber gib ihr eine Woche, dann hat sie sich wieder beruhigt. Schon, weil sie muss: Wenn die Kinder wiederkommen, kann sie doch nicht abwarten, den neusten Tratsch zu hören. Da muss sie dann anrufen und so tun, als sei nichts gewesen." Müde winkte Anne ab und ließ sich von Henning umarmen.

„Falls du Hunger hast, ich hätte hinten im Garten eine Schüssel Salat, einen Teller Käse und ein extrem langes Weißbrot für dich", sagte er und fuhr Anne durch die wieder in mehrere Richtungen abstehenden kurzen Haare. „Komm", sagte er, „ich hab dir auch noch was Lustiges zu erzählen!"

Im Garten setzten sie sich nebeneinander in die Hängematte. Anne hatte ihre liebe Mühe, in dieser Position das Gleichgewicht zu halten und einigermaßen unfallfrei zu essen. Aber die Hängematte war einfach Pflicht, fand sie, schubste die Salatschüssel wieder auf den Tisch, angelte sich Käse und Brot und suchte sich eine bequemere Lage in der Hängematte. „Dann sag mal!", forderte sie Henning auf.

Der sortierte seinerseits die Gliedmaßen und quetschte sich auf voller Länge neben Anne, schob einen Arm unter den Kopf und begann: „Ich habe heute seit langem mal wieder mit einem Kollegen zu Mittag gegessen. Der ist schon ewig auf Frauensuche. Heute Abend wollte er wieder eine treffen. Um sieben in der Strandbar. Das fand ich sehr lustig, denn du wolltest ja zur gleichen Zeit auch dort sein. Nur halt nicht privat. Ich hab ihm also erzählt, dass ich mich verliebt hab und dass meine Freundin heute Abend aber keine Zeit hat, sogar abends um sieben angeblich noch arbeiten muss."

„So, du hast dich also verliebt. Und wann erfahre ich davon?"

„Na, jetzt, dauernd, minütlich!", schwor Henning und wollte Anne leidenschaftlich küssen, aber sie kniff ihn in die Seite und lachte.

„Und? Wie ging's dann weiter?", wollte sie wissen.

„Als ich ihm erzählt habe, wo du arbeitest, also, heute dann mal in der Strandbar, da hat Bamberger ganz komisch reagiert."

„Bamberger? Dr. Carsten Bamberger?"

„Ja, wieso? Kennst du den etwa?"

„Und wie! Hast du ihm meinen Namen genannt?"

„Na ja, er wollte dann halt genau wissen, als was du arbeitest und wie du heißt. Danach war er noch komischer."

„Kann ich mir denken! Oh Scheiße, jetzt weiß der, wer Kriminaltango ist und dass ich weiß, wer Meddoc ist! Da hatte meine Mutter glatt recht mit Massenmörder kennenlernen übers Internet!" Aufgeregt sprang Anne aus der Hängematte, rammte Henning dabei versehentlich den Ellbogen in die Rippen, rief hektisch „Ich muss telefonieren!" und raste durch die Scheune in Richtung Haus.

Einsam lag der verliebte Notarzt mit schmerzender Seite sanft schaukelnd im Garten zwischen Tempelgasse und Seebach. Er verstand gerade überhaupt nichts mehr. Seufzend tastete er nach seinem Rotweinglas auf dem Tisch: Vielleicht half Alkohol ja, das Durcheinander wenigstens etwas lockerer zu sehen: Wieso kannte Anne den Bamberger? Gut, man konnte sich ja kennen, warum nicht. Aber warum hatten sowohl Bamberger als auch Anne so merkwürdig reagiert, als sie voneinander hörten? Hatten die wohl mal was miteinander gehabt? Und wieso sollte Bamberger nicht wissen, was der Kriminaltango ist? Aber was war dieses Meddoc, von dem Anne nicht wollte, dass Bamberger wusste, was es war? Ein Weinanbaugebiet in Frankreich war doch kein Geheimnis, oder? Und was zur Hölle hatte Annes Mutter mit Massenmördern im Internet zu tun? Henning trank sein noch randvolles Glas entschlossen in einem Zug komplett aus.

„Norbert?", rief Anne aufgeregt in den Telefonhörer.

„Nein, hier ist Gertrud."

„Gib mir mal den Norbert, es ist eilig!"

„Ja, dir auch einen guten Abend!"

„Oh, Entschuldigung! Ja. Guten Abend, Gertrud. Ist Norbert denn da?“

„Anne, du weißt, wie spät es ist, ja? Norbert hat Feierabend.“

„Gertrud, bitte, es ist ein Notfall, und wenn wir jetzt nichts entscheiden, ist der Typ, den wir seit Tagen suchen, über alle Berge!“

Gertrud Olmer brummte irgendetwas nicht sehr Freundliches, rief dann aber doch ihren Gatten von der Couch zum Telefon.

„Anne?“

„Norbert!

„Es ist Bamberger!“

„Wieso? Wir haben doch nichts wirklich Gutes gegen ihn in der Hand. Dafür rufst du an? Ich meine, es ist jetzt bald neun und ich sehe dich ja morgen früh schon wieder.“

Atemlos schilderte Anne Hennings Begegnung mit Dr. Bamberger.

„Du, der weiß jetzt schon seit heute Mittag, wer ich bin und dass ich ihn suche. Wer weiß, ob der noch in der Gegend ist! Ich fahr jetzt schnell mal bei dem vorbei.“

„Das tust du nicht!“

„Bis morgen, Norbert!“

„Anne, das tust du nicht, hörst du mich! Das ist eine dienstliche … ach, Mist, legt die einfach auf!“

Norbert Olmer ging zurück in sein Wohnzimmer, ließ sich ächzend auf die Couch fallen und von seiner Gattin über den aktuellen Stand des Fernsehkrimis informieren. Danach regte sich Gertrud Olmer noch einmal über Annes Anruf auf. Ihr Mann gähnte und sagte: „Ich weiß auch nicht mal, warum sie überhaupt angerufen hat. Dass es der Mann ist, vermuten wir schon länger, konnten ihm aber nichts nachweisen. Können wir immer noch nicht. Der einzige Unterschied ist, dass er jetzt weiß, dass wir auch wissen, wer er wirklich ist und dass er zwei Decknamen benutzt."

„Ja, aber ...", begann Gertrud Olmer nachdenklich, und nun war auch ihr Gatte hellwach. Er schlug sich vor die Stirn und griff nach seinem Handy: „Ich Schlaftablette! Ich Trottel!" Zuerst rief er Anne auf dem Handy an. „Blöde Mailbox! Anne, ruf mich an, es ist dringend!" Dann rief Olmer bei Anne zu Hause auf dem Festnetz an und erreichte auch nur den Anrufbeantworter: „Ja, hier ist Olmer. Anne, wenn du das hörst, ruf sofort an! Und wenn das irgendjemand sonst hört, bitte auch sofort anrufen! Mein Name ist Norbert Olmer, ich bin Annes Chef und mache mir große Sorgen." Dann hinterließ er sämtliche Telefonnummern, die ihm einfielen. Schließlich wählte Olmer die Bereitschaft an und bat sie, eine Streife bei Bamberger vorbeizuschicken: „Die sollen rauskriegen, ob Anne Mettenheimer dort ist. Wenn keiner aufmacht, sollen sie gucken, ob sie irgendwo in der Nähe das Auto von Kommissarin Mettenheimer stehen sehen. Ich will dann sofort Bescheid, ganz gleich, wie spät es ist."

Olmer hatte kaum aufgelegt, als sein Telefon klingelte. Henning Selzer stellte sich vor und fragte, warum Olmer denn so dringend angerufen werden wollte. Der Chef des K1 informierte Henning und fragte ihn gleich noch einmal selbst aus. „Wissen Sie, Anne hat mir vorhin gesagt, sie wolle jetzt zu Bamberger fahren. Das hätte sie niemals allein tun dürfen. Erstens nicht, weil er für sie jetzt gefährlich ist, weil er quasi enttarnt worden ist, und zweitens sowieso nicht. Niemals allein! Aber das sagen Sie mal Anne, die hat einfach aufgelegt!"

Henning seufzte zum wiederholten Male an diesem Abend. „Mich hat sie einfach im Garten vergessen. Da schießt ihr eine Idee in den Kopf und weg ist sie. Das ist aber jetzt auch schon eine gute Stunde her und ich habe noch nichts von ihr gehört. Langsam mache ich mir auch Sorgen."

„Ich habe eine Streife zu Bamberger geschickt. Ich melde mich bei Ihnen, wenn ich etwas Neues weiß."

„Danke!", sagte Henning. „Und umgekehrt natürlich auch!"

Ich wusste, dass sie kommen würde. So ein dummer Zufall, dass ihr neuer Freund ausgerechnet mein Kollege ist. Was sollte ich also tun? Ich wollte ihr keinesfalls einfach die Hände entgegenstrecken mit der Aufforderung, mir die Handschellen anzulegen. Ich denke, ich habe meine Spuren gut genug verwischt, und wenn man mich nicht auf frischer Tat ertappt oder die Reste meiner vorigen Taten findet, was angesichts deren Größe und Konsistenz extrem unwahrscheinlich ist, kann mich niemand überführen. So, wie es geplant war.
Sie klingelte gegen neun. Eigentlich hätte ich ihr nicht so lange gegeben: Sie hatte um kurz vor halb acht die Nachricht erhalten, dass Meddoc nicht kommen würde. Um acht hatte sie ihr Auto bei sich in der Tempelgasse in Osthofen abgestellt und war durch das Hoftor verschwunden. Daraufhin bin ich zu mir gefahren und habe auf sie gewartet. Die Haustür habe ich einen schmalen Spalt geöffnet, als ich draußen ihr Auto anfahren sah. Sie hat geklingelt, aber natürlich nicht abgewartet, als sie bemerkt hat, dass die Tür nur angelehnt ist. Mein Flur ist dunkel, das hat mich schon oft gestört. Ich muss dort auch tagsüber das Licht einschalten. Sie kam von der Straße in meinen dunklen Flur, ich hatte die Spritze schon längst aufgezogen und traf ihren Hals sofort.

„Olmer, guten Abend."

„Haben Sie Neuigkeiten?", fragte Henning.

„Ja und nein. Die Streife sagt, Bambergers Haus lag völlig im Dunklen, niemand hat geöffnet. Annes Auto steht dort auch nirgends. Wir wissen also nicht, wo sie hingefahren ist. Leider geht sie ja auch nicht an ihr Handy."

„Sie müssen sie zur Fahndung ausschreiben", sagte Henning.

„Schon passiert", sagte Olmer. „Normalerweise geht das nicht so schnell, aber da Anne Polizistin ist, zu einem Verdächtigen wollte und nun nicht erreichbar ist, reicht das. Anne geht zwar öfter mal nicht an ihr Handy, aber dass sie das auch bei Ihnen nicht tut, das macht mich eben stutzig."

Sie ist sofort zusammengesackt. Es war ja auch genug in der Spritze. Sie ist zwar groß, aber sie wiegt nicht besonders viel. Also kann ich sie recht gut stützen, damit sie halb betäubt noch einigermaßen aufrecht laufen kann und ich sie nicht tragen muss. Das würde auch zu sehr auffallen. Ich setze sie in ihr eigenes Auto und fahre sie zur Wohnung. Dort geht sie fast schlafend mit mir. Ohne Frage, ohne Gegenwehr legt sie sich auf das Bett, ich gebe ihr eine weitere Spritze, sie schläft endlich ganz ein und ich binde Arme und Beine fest. Den Knebel benutze ich zur Sicherheit, aber das Mittel sollte eigentlich lange genug wirken. Nun kann ich ihr Auto in Ruhe wegbringen.

Henning Selzer ließ sich auf einen Küchenstuhl in Annes Haus fallen und kratzte gedankenverloren an einer Macke im Holz der alten Tischplatte herum. Na klasse! Da hatte er Anne nun endlich erklärt, was er fühlte, und was tat sie als Allerserstes? Ihn eiligst verlassen, um zu einem Anderen zu fahren, der obendrein gar nichts von ihr wollte – jedenfalls nichts Gutes. Außerdem war dieser Andere ausgerechnet ein Kollege.

Norbert Olmers Mobiltelefon klingelte. Er nahm den Anruf an, hörte konzentriert zu, lachte kurz auf und erklärte dann: „Nein, Kollegen, den könnt ihr laufen lassen! Aber danke jedenfalls!"

Er legte das Handy auf den Tisch: Da war das echte Leben mal wieder schneller gewesen. Eine aufmerksame Nachbarin hatte die Polizei gerufen, weil sie zu später Stunde jemanden an der Haustür von Bamberger bemerkt hatte, der nach dem Klingeln auch noch an die Fenster vorn und hinten klopfte. Dieser Jemand entpuppte sich als Henning Selzer, und der war wohl Annes neuer Freund, dieser Notarzt aus dem Klinikum. Er konnte sich zum Glück ausweisen und der Streife erklären, was er dort suchte. Der machte sich auch ernsthaft Sorgen.

Anschließend wählte Olmer Selzers Nummer: „Herr Selzer, bitte überlassen Sie uns die Suche nach Anne."

„Oh, Sie haben es also schon gehört."

„Ja, was glauben Sie denn! Ich verstehe ja, dass Sie auch wissen wollen, wo Anne steckt, aber das wird möglicherweise eine Nummer zu groß für Sie."

„Aber ich glaube, ich weiß jetzt, was mit den Frauen passiert ist!"

„Mit Birgit Dexheimer und Elfi Hecker?"

„Und Lea Katz auch!“

„Dann aber raus damit, Mann!“

„Ich bin durch absoluten Zufall drauf gestoßen. Zwischen den dauernden Anrufen bei Anne habe ich ein paar Videos auf Youtube angeguckt. Da kriegt man doch immer welche vorgeschlagen, und da habe ich eben eins gesehen mit einem Mann, der zum Beispiel eine Banane tiefgefroren hat, und dann ...“

„Selzer!“, fuhr Olmer dazwischen. „Ich interessiere mich gerade überhaupt nicht für Ihre lustigen Bananenvideos, machen Sie die Leitung frei, ich erwarte ein wichtiges Telefonat!“

„Nein, nicht auflegen, warten Sie!“, schrie Henning. „Herr Olmer, ein Tempotaschentuch wurde auch zum Gefrieren in Flüssigstickstoff getaucht. Es war dann völlig hart und ließ sich in tausend kleine Stückchen zerbrechen. Im Video hat man bei dem Versuch eine Flasche mit Flüssigstickstoff neben dem Wissenschaftler stehen sehen, und plötzlich hab ich's kapiert: Ich habe gestern mit Bamberger zu Mittag gegessen. Ich wusste ja nichts davon, dass er ein Verdächtiger ist. Jedenfalls sind wir noch ein paar Schritte gegangen und er hat auf dem Parkdeck seine Jacke in den Kofferraum seines Wagens gelegt, weil ihm so warm war. Da hatte der so eine Flasche im Kofferraum liegen. Das ist auch das einzige Mal, dass ich so eine silbrige Flasche jemals außerhalb von Firmen oder Kliniken oder so gesehen habe.“

„Was soll das aber für uns bedeuten? Ich kann Ihnen noch nicht ganz folgen!“, seufzte Norbert Olmer.

„Er hatte so einen Behälter für Flüssigstickstoff im Auto! Er als Pathologe arbeitet doch dauernd mit dem Zeug, kennt sich also aus. Und warum sonst sollte er so einen Behälter mitnehmen? Wenn er die Frauen also irgendwie betäubt hat, was er als Mediziner ja auch spielend schafft, braucht er sie bloß in eine Wanne zu legen und in dem Zeug zu baden, danach kann er sie in winzige Stücke zerlegen und entsorgen. Deshalb gibt es auch nirgends Blut oder eine Leiche!"

„Sind Sie da sicher?"

„Und wie! Ich habe vorhin schnell meinen Onkel Robert angerufen, der schafft in Worms beim Lotz, dem Bestatter in der Binger Straße ..."

„Ja, ich weiß, weiter!", forderte Olmer.

„... und der hat gesagt, das nennt man bei ihnen Promession: Eine Leiche wird in Flüssigstickstoff getaucht und so steif und zerbrechlich gemacht. Dann wird das Ganze gerüttelt und zerfällt in millimeterkleine Teile. Zahngold und andere Fremdkörper werden rausgefischt, durch Gefriertrocknung der Masse noch gute siebzig Prozent Wasser entzogen, und am Ende kommen die Reste als Granulat in einen kompostierbaren Sarg, der innerhalb eines halben Jahres verrottet. In Schweden ist das der Renner, bei uns aber noch verboten."

„Um Gottes Willen! Wenn das stimmt, werden wir die Frauen niemals finden, und zudem ist Anne in großer Gefahr!", rief Norbert Olmer.

Olmer und Iben rückten anschließend sofort aus, man ließ sogar Bambergers Haustür öffnen, aber er war nicht zu Hause. Auch von Anne Mettenheimer fand man keine Spur.

Henning verbrachte die Nacht wach: Alle halbe Stunde versuchte er, Anne zu erreichen, aber immer erfolglos. Ob sie noch bei Bamberger war? Oder doch im Büro, wo sie nicht ans Telefon ging, wenn es viel zu tun gab?

Und was war das mit Bamberger? Den kannte er, seit er im Klinikum Worms angefangen hatte. Der wurde jetzt von

Anne verdächtigt, am Verschwinden von drei Frauen beteiligt zu sein. Wollte der nun doch etwas von Anne?

Aber so wie er Anne kennengelernt hatte, passten sie und Bamberger überhaupt nicht zusammen! Ihm fiel der eine Betriebsausflug ein, als abends beim Tanzen eine übermütige junge Kollegin Bamberger einfach so und vor allen anderen auf den Mund geküsst hatte! Ihm hätte das gefallen, aber Bamberger sah aus, als wolle er ihr am liebsten eine knallen.

Irgendwann hatten sie auch mal über Frauen gesprochen. Über die, von denen man träumt und über die, mit denen man täglich zu tun hat. Bamberger hatte damals ganz klar seine Wunschvorstellung ausgesprochen: Er wolle den ersten Schritt tun und nicht etwa erobert werden. Und – daran erinnerte er sich deutlich – Bamberger schätzte ein gewisses Gefälle, Frauen, denen er nicht auf Augenhöhe begegnen musste. Kolleginnen hätten ihn deshalb nie interessiert, viel zuviel Diskussionen, hatte er behauptet. Lieber Krankenschwestern, die anschmiegsam sind und einen bewundern.

Jetzt fiel ihm Imelda ein, diese sanfte Südamerikanerin, mit der Bamberger zusammen gewesen war, Krankenschwester natürlich. Und waren die seinerzeit nicht sogar verlobt gewesen? Jedenfalls waren alle davon ausgegangen, dass Imelda über kurz oder lang Bamberger heißen würde.

Imelda könnte sicher Auskunft über ihn geben, die kannte ihn ja gut. Imelda, wie hieß die noch mit Nachnamen? Mist, Krankenschwestern kannte man immer nur mit dem Vornamen. Wo lebte die jetzt? Verdammt, er musste Imelda ausfindig machen – und Anne natürlich!

Der Morgen dämmerte schon, als Henning Selzer doch einnickte. Später schreckte er hoch, weil sein Handy klingelte und der Wecker im oberen Stockwerk gleichzeitig immer lauter auf sich aufmerksam machte. Olmer rief an: „Wir haben Annes Auto auf dem Parkplatz am Tiergarten im Wormser Wäldchen gefunden. Unser Kollege Horrweiler ist mit der Spurensicherung schon unterwegs dahin. Können Sie sich vorstellen, was Anne dort gewollt hat? Sonst müssen wir leider davon ausgehen, dass sie ihr Auto nicht selbst ins Wäldchen gebracht hat. Möglicherweise ist es gestohlen worden für eine Spritztour von Jugendlichen, sowas haben wir leider öfter."

„Tiergarten? Was sollte sie da wollen? Die Kinder sind doch in Ferien. Außerdem hatte der Zoo doch zu!", sagte Henning verschlafen.

Nach einer schlaflosen Nacht trafen Norbert Olmer und Rolf Iben den Ärztlichen Direktor des Klinikums Worms. Matthes Horrweiler wollte sich darüber schier ausschütten vor Lachen: „Ihr zwei beim Frauenarzt, super!"

„Das ist nun mal so, dass der derzeitige Ärztliche Direktor aus der Gynäkologie kommt", sagte Norbert Olmer, hoffte aber dennoch, Matthes würde nicht allzu vielen Leuten davon erzählen. Er fuhr mit Iben bis ins Parkhaus der Klinik und ließ sich am Eingang den Weg zu Professor Rothschild erklären. Vor dessen Tür brauchten sie nicht lange zu warten, denn kaum hatten sie sich im Sekretariat angemeldet, kam der Professor mit wehendem Kittel aus einem der weiter hinten im Gang liegenden Räume, stellte sich vor und schüttelte beiden Kommissaren die Hand. Er bat sie in sein Büro und fragte zuerst: „Warum ich? Was ist passiert?"

„Wir ermitteln gegen einen Ihrer Mitarbeiter, einen Arzt. Wenn wir seinen Vorgesetzten direkt befragen, könnte das auffallen. Aber Sie können wir unauffällig bitten, uns einen Blick in seine Akte werfen zu lassen und den Vorgesetzten ganz diskret zu einem eiligen Gespräch unter Kollegen zu sich zu bitten. Wir dachten, das stört auch Ihre Abläufe an wenigsten."

Ernst nickte Rothschild, dann fragte er: „Um wen und was geht es denn?"

„Wir haben den Verdacht, dass Dr. Bamberger aus der Pathologie etwas mit dem Verschwinden mindestens einer, wenn nicht mehrerer Frauen zu tun hat. Unsere Kollegin, die gestern Abend entscheidende Zusammenhänge aufgedeckt hat, wollte gleich danach noch einmal zu Bamberger fahren. Seitdem wird auch sie vermisst, und ihr Auto fand sich heute Morgen am Tiergarten abgestellt."

„O je." Mehr sagte Professor Rothschild zunächst nicht. Dann strich er sich über den kurz gehaltenen Haarkranz, griff nach dem Telefon, tippte eine Kurzwahl ein und sagte: „Wolfgang, hast du mal zehn Minuten Zeit? Es wäre sehr dringend. Gut, ja, bis gleich."

Rothschild legte den Hörer auf. „Er kommt sofort. Möchten Sie vielleicht einen Kaffee? Ich könnte jetzt einen gebrauchen."

Die Kommissare ebenso, und so dampfte der Kaffee aus drei Tassen, als Dr. Wolfgang Kreyer das Büro betrat. Rothschild stellte die Besucher und ihr Anliegen vor, woraufhin Kreyer verwundert reagierte: „Der Bamberger? Das verstehe ich nicht. Der ist doch ein Muster an Disziplin und Pünktlichkeit und Fleiß und Freundlichkeit und, ach, egal, das kann jedenfalls gar nicht sein. Das ist mein zuverlässigster Mann!"

„Na ja", gab Olmer zu bedenken, „das alles ist ja möglich, aber manchmal haben Menschen auch noch eine ganz andere Seite. Und hier sieht es gerade danach aus."

„Ach was!", rief Kreyer geradezu aufgebracht. „Das müsste man ihm doch auch irgendwie anmerken, wenn er mehrere Frauen um die Ecke gebracht hätte. Sowas geht doch an keinem spurlos vorbei! Aber da ist nichts, glauben Sie mir! Ein einziges Mal habe ich ihn etwas neben der Spur erlebt, das war, als er vor Jahren diesen schlimmen Unfall hatte und sich danach seine Freundin von ihm getrennt hat, die Imelda aus der Neurologie."

„Wie? Wer?" Die Kommissare wollten das genauer wissen.

Professor Rothschild berichtete: „Na, er war mit der Schwester Imelda von der neurologischen Station hier im Haus liiert, so einer ganz ruhigen Chilenin. Oder war sie aus Kolumbien? Ich weiß nicht mehr. Wir haben jedenfalls alle schon gedacht, wir werden demnächst zur Hochzeit eingeladen, aber dann hat sie ihn verlassen, den armen Kerl. Nach dem Unfall eben."

„Und was ist jetzt mit der Frau?"

„Oh, die arbeitet nicht mehr hier. Sie hat ziemlich bald einen unserer ehemaligen Belegärzte aus der Orthopädie geheiratet. Tja, schade. Da war Bamberger eine Zeit lang sehr geknickt, aber auch nicht besonders auffällig. Er hat seine Arbeit weiter solide gemacht. Immer."

„Was war denn das für ein Unfall?", wollte Rolf Iben wissen.

„Ach, da ist ihm irgendjemand in die Seite gefahren und er musste in der BG-Klinik in Ludwigshafen relativ kompliziert operiert werden, die Hüfte und zwei Wirbel, glaube ich, aber das merkt man ihm heute nicht mehr an."

„Dürften wir trotzdem einen Blick in seine Akte werfen?", bat Olmer.

Professor Rothschild nickte: „Unter den geschilderten Umständen ist das wohl vonnöten." Er öffnete eine Datei an seinem Bildschirm und drehte ihn zu den Kommissaren, die nach wenigen Minuten einsehen mussten, dass hier nichts Relevantes zu finden war, nur eine längere Krankmeldung vor dreieinhalb Jahren, gelegentliche einzelne Krankheitstage und jede Menge Fortbildungszertifikate.

„Danke." Olmer hatte genug gesehen. Hier war kein Weiterkommen zu erwarten.

Dr. Kreyer echauffierte sich immer noch: „Dann gehen Sie doch runter zu uns, wenn Sie nicht glauben, dass der ein ganz normaler guter Arzt ist!"

„Sehen Sie, das wäre meine nächste Frage gewesen!" Norbert Olmer lächelte Kreyer an. „Ich hätte wissen wollen, ob er heute zur Arbeit erschienen ist."

„Natürlich, warum denn auch nicht!", fauchte Kreyer.

„Sie behalten unseren Verdacht aber bitte für sich", bat Olmer, „denn noch können wir nicht ausschließen, dass Herr Dr. Bamberger in die Fälle involviert ist."

Kreyer wollte sich eben wieder aufregen, da beugte Professor Rothschild sich vor und legte ihm beschwichtigend eine Hand auf den Arm: „Nun schnauf' doch mal tief durch, Wolfgang, es würde ja jetzt auch nichts bringen, wenn du Bamberger das alles erzählen würdest. Wenn er, wie wir beide sehr hoffen, nichts mit all dem zu tun hat, verunsicherst du ihn nur, und wenn er was damit zu tun hat, könnten die verschwundenen Frauen gefährdet sein, denn man sollte ja davon ausgehen, dass sie alle noch am Leben sind. Ich verlasse mich auf dich: Eisernes Schweigen, bis der Herr Hauptkommissar uns anderweitig instruiert!"

Kreyer nickte, sagte knapp: „Ich hab zu arbeiten!" und rauschte zur Tür hinaus.

„Das haben Sie jetzt schön gesagt", sagte Rolf Iben und seufzte beeindruckt.

Rothschild lachte: „Das letzte Seminar zur Mitarbeiterführung hat sich gelohnt, was!“ Dann verabschiedete er die Ermittler, die gleich draußen auf dem Gang Matthes anriefen und fragten, ob es Neuigkeiten gebe. Doch er hatte nichts gefunden, was das K1 weiterbringen könnte. „Ach, und der Bamberger ist einfach so zur Arbeit marschiert?“, fragte er danach ungläubig.

„Ja, stell dir vor!“, sagte Iben. „Vielleicht war er es ja doch nicht.“

Ein paar Minuten später standen sie im Tiefparterre der Klinik vor der Tür von Dr. Bamberger, der die Kommissare gleich nach dem ersten kurzen Klopfen hereinrief. „Nein“, sagte er, nachdem Olmer ihn gefragt hatte, und schüttelte den Kopf. „Frau Mettenheimer war nicht bei mir. Ich habe den Abend allein verbracht. Wie leider viel zu oft. Und ich habe auch keine Ahnung, wo sie sein könnte, denn ich habe die Dame erst zweimal in meinem Leben gesehen, wovon einmal eher im Vorbeigehen war, also kenne ich sie eigentlich gar nicht. Da müssen Sie woanders suchen, tut mir leid.“

Als sie wieder im Auto saßen, meinte Norbert Olmer: „Weißt du, es kann sein, dass es der Bamberger nicht gewesen ist. Vielleicht ist es ja überhaupt niemand gewesen. Leichen haben wir ja schließlich keine. Oder wenigstens irgendwelche Hinweise auf den Verbleib der Frauen. Ich habe langsam keine Lust mehr auf diesen Fall.“

„Ja“, nickte Iben, „wenn es denn überhaupt ein Fall ist, wie du schon sagst. Aber dass Anne plötzlich weg ist, das ist nicht normal.“

„Genau, denn bisher war sie nur mal für zwei Tage verschwunden, weil sie mit irgendeinem Traummann irgendwohin gefahren ist, aber ihren neuen Traummann hat sie doch gerade bei sich zu Hause sitzen, dachte ich.“

„Ach echt? Das hat mir noch gar niemand genauer erzählt", beklagte sich Rolf Iben. Sie standen bei Rot an der Ampel, also hatte Olmer Zeit, seinen Kollegen anzusehen und zu grinsen: „Du hast mir ja auch noch nicht verraten, dass du wieder Vater wirst!"

Iben lief rot an. „Woher weißt du es dann?"

„Ich habe deine Carola getroffen, als sie gerade mit dem allerersten Ultraschallbild beim Arzt aus der Tür kam. Ich weiß es quasi länger als du, aber ich habe versprochen, kein Sterbenswörtchen zu verraten." Olmer genoss seinen Vorsprung sichtlich. „Sowas!", schimpfte Iben. Dann hupte es hinter ihnen mehrfach. „Oh, Grün!", stellte Olmer fest, gab Gas und sagte: „Tja, also Glückwunsch, lieber Rolf!"

In der Polizeidirektion warteten sie unruhig auf Nachrichten, ob Anne irgendwo aufgetaucht sei. Aber keine der Streifen, die speziell die Klinik, Bambergers Wohnsiedlung und den Fundort von Annes Auto kontrollierten, meldete sich mit einem Hinweis. Gegen Mittag fiel ihnen auf, dass Matthes Horrweiler noch gar nicht wieder in den Räumen des K1 gesehen worden war. Er trudelte erst ein, als Olmer gerade noch einmal in Osthofen anrufen wollte, ob Anne nicht vielleicht doch wieder nach Hause gekommen sei. Die Tür flog auf, Horrweiler rief: „Norbert, du musst was unternehmen! Fahndung allein reicht nicht!", und Olmer legte den Telefonhörer wieder ab. „Wieso?", fragte er.

Sie schläft tief und fest. Die Dosis reicht offensichtlich. Sie darf nicht aufwachen, denn ich kann nicht einschätzen, was sie tun wird, vielleicht schafft sie es, zu laut zu werden. Erst wollte ich sie ja mit ins Institut nehmen, denn das war ja schon mal sehr praktisch, aber ich glaube, die Zeit habe ich nicht mehr. Also habe ich sie weiterhin tief schlafen gelegt. Das ist einfach am sichersten so. Ich habe Angst, dass die Nachbarn etwas mitbekommen. Es ist sehr schade, wie gut man Geräusche aus Badewannen hören kann.

„Das ist nicht dein Ernst, oder?“, regte sich Kriminalhauptkommissar Norbert Olmer auf. Er ruckelte vor Aufregung an seiner heute blau-lila-rosa gestreiften Krawatte, um sie zu lockern. Farblich passte sie jetzt bestens mit dem dunkelrot angelaufenen Kopf ihres Trägers zusammen. „Du warst in Bambergers Haus? Ohne Durchsuchungsbeschluss? Ohne Kollegen?“

Rolf Iben kratzte sich am Kopf und meinte nur „Ei, ei, ei!“, aber Horrweiler stand zu seinem „Einbruch“: „Ihr habt mir am Telefon gesagt, er sei am Arbeitsplatz, da hatte ich doch freie Bahn! Was glaubt ihr denn, wie lange ich warte, bis Anne gefunden wird? Hier sind schon ein paar Frauen verschwunden, nun sie, und sie ist diejenige, die Bamberger wirklich gefährlich werden könnte. Außerdem ist sie ja gestern auch zu ihm gefahren und dann plötzlich weg gewesen!“

„Mein Gott, wenn das rauskommt! Warst du wenigstens vorsichtig?“, fragte der Chef.

„Von mir aus kannst du mir auch ein Disziplinarverfahren anhängen, das ist mir völlig wurscht, aber willst du denn gar nicht wissen, ob ich was rausgefunden habe?“

„Doch, natürlich!“

Olmers Telefon klingelte. Er hörte sich an, was sein Gesprächspartner zu berichten hatte und äußerte sich selbst zum Leidwesen der anderen immer nur sehr knapp. Als er aufgelegt hatte, verlangte Rolf Iben: „Nun sag schon!“ Norbert Olmer sah zu Matthes Horrweiler und meinte: „Da hast du ziemlich Glück gehabt, dass dich der Bamberger nicht erwischt hat, der war heute früh nämlich nur kurz bei der Arbeit und hat sich anschließend krank gemeldet, irgendwas mit Kreislauf habe er angegeben, habe ich gerade erfahren.“

Matthes saß plötzlich kerzengerade auf seinem Stuhl: „Wann war denn das?“

Sein Chef antwortete: „So gegen elf, er sei gerade mal zwei, drei Stunden in der Klinik gewesen."

„Aber dann", rief Matthes aufgeregt, „kann er nicht zu Hause gewesen sein. Zu der Zeit war ich doch dort! Wo zur Hölle steckt der Kerl, und wo ist Anne geblieben?"

Eigentlich schade, dass sie nun hier so liegen muss. Sie war mir gar nicht so unsympathisch, aber sie weiß zu viel. Und ich habe einen großen Fehler gemacht mit meinen zwei verschiedenen Identitäten. Jedenfalls, wenn es darum geht, eine Frau fürs Leben zu finden. Irgendwann musste das ja rauskommen. Es war idiotisch, das weiß ich jetzt. Dabei hatte ich anfangs nur Angst davor, dass eine der Frauen eine Verbindung zu meiner Arbeitsstelle und dem „realen" Leben herausfindet und ich irgendwie lächerlich wirken könnte als Mann, der keine Frau abbekommt und deshalb im Internet suchen muss. Dabei tun das ja fast alle, wie ich jetzt weiß. Auch sie. Sie war die Erste, die nicht so aufgedreht und überdeutlich auf Männersuche daher kam. Die Erste ohne dauernde Anmache, sondern eher auf der Suche nach guter Freundschaft, aus der mehr werden kann. Aber das habe ich ja selbst verhindert, weil ich ihr geschrieben habe, dass sie mir äußerlich so wenig gefällt. Was zum Teil ja auch stimmt, aber letzten Endes kein Ausschlusskriterium wäre, wenn der Rest passen würde. Doch momentan beschäftigen mich die anderen Frauen so sehr, der Umgang, ihr Ende, da kann ich mich jetzt nicht verlieben, das geht nicht. Ich hätte sie nicht treffen sollen damals, dann läge sie jetzt nicht hier. Tragisch, dass sie alles herausbekommen hat. Nun kann ich sie nicht gehen lassen, auf keinen Fall.

„Leider habe ich fast nichts zu bieten", berichtete Horrweiler. „Ich habe keine Spuren von Anne gefunden. Aber auch sonst keine. Schon wieder mal. Ich habe den Verdacht, Bamberger kann gut putzen und tut das auch oft. Sein Flur war fast komplett frei von Haaren, Fusseln, Fingerabdrücken. Wie die Dexheimer-Wohnung neulich. Sowas hat man selten, deshalb fällt es besonders auf. Ein paar Dreckkrümel habe ich mitgenommen, die gucke ich mir jetzt an, aber Hoffnung habe ich eigentlich nicht."

Horrweiler wartete nicht auf weitere Reaktionen, sondern ließ seine Kollegen einfach im Büro sitzen und verschwand in seines.

Olmer rief Martin Sommer an, den langjährigen Leiter der Wormser Kriminalinspektion, der auch spät noch im Büro war. Er unterstützte sein Anliegen und beantragte beim Richter eine Handyortung für Anne wie für Bamberger, die wegen „Gefahr im Verzug" tatsächlich umgehend genehmigt wurde und in Auftrag gegeben werden konnte.

Danach ging Olmer in Horrweilers Büro und sagte dem angestrengt ins Mikroskop starrenden Matthes: „Hast du gut gemacht! Aber ich weiß von nichts."

Matthes sah nicht einmal hoch und antwortete: „Ich auch nicht. Beginnende Demenz, könnte sein. Trotzdem ärgerlich, dass es kein Ergebnis gibt!"

In diesem Moment stürmte Rolf Iben ins Büro: „Leute, ihr werdet es nicht glauben, aber eben kam ein Anruf, der alles verändern könnte! Matthes, du hast wohl auch einige Nachbarn befragt, oder? Jedenfalls hat ein Mann aus der Nachbarschaft von Dr. Bamberger angerufen. Seine Frau hatte sich schon gestern Abend bei uns gemeldet, als Selzer dort klingelte. Er selbst war über Nacht nicht zu Hause, weil er Schicht hatte, aber er sagt, dass jemand gestern Abend zur fraglichen Zeit, als er gerade aus dem Haus ging, bei Bamberger geklingelt hat. Allerdings kann er die Person nicht genau beschreiben. Nicht mal, ob es ein Mann oder eine Frau war."

Horrweiler grinste schief und meinte: „Tja, das ist bei Anne ja auch so eine Sache, bei der Größe und der Kleidung!"

Das Badezimmer steht voller Teelichter, das warme Wasser duftet nach Kiefernnadeln. Ja, diesmal kein Blumenduft, der passt nicht zu ihr. Sie ist aufgewacht. Wenn man das so nennen kann nach vielen Stunden der Betäubung. Ich habe darauf geachtet, dass sie so wach ist, dass sie aus eigener Kraft mit ins Bad kommen kann und gleichzeitig nicht dagegen protestieren wird, weil ihre Sinne noch dermaßen benebelt sind, dass sie gar nicht merkt, wo sie ist und was ich mit ihr tun werde. Ich habe ihr gesagt, dass ich ihr das Bad schon eingelassen habe, damit sie sich entspannen kann.

„Hat der Nachbar denn auch gesehen, ob und wann dieser Jemand wieder aus dem Haus gekommen ist?“

„Leider nicht.“

„Sie kann auch nicht mehr dort sein, denn in dem komischen Neubauklotz von Eigenheim, den Bamberger da hat, gibt es keine Verstecke. Vor allem nicht bei der edlen minimalistischen Einrichtung. Ich habe das ganze Haus abgesucht“, sagte Matthes Horrweiler.

„Wir werden Bamberger also mit dieser Aussage konfrontieren, und zwar hier auf dem Kommissariat!“, beschloss Olmer. Er beauftragte eine Streife damit, den Arzt in die Hagenstraße zu holen. Kaum hatte er den Telefonhörer aufgelegt, klingelte es: „Herr Olmer, ich bin’s, Henning Selzer“

„Herr Selzer, wir haben Anne noch immer nicht gefunden.“

„Aber ich weiß was Neues! Ich habe Imelda gefunden!“

Imelda. Der Name war Olmer heute schon einmal begegnet. Er wusste nur nicht sofort, wo er ihn einordnen sollte.

Selzer sagte: „Imelda war Krankenschwester bei uns im Klinikum, eine Südamerikanerin, hat auf der Neurologie gearbeitet.“

„Ach ja, davon habe ich heute gehört“, erinnerte sich Norbert Olmer.

„Ja, also, die Imelda, die war ja mal mit Bamberger zusammen. Eigentlich sah es für alle so aus, als würden die beiden heiraten. Dann aber haben sie sich getrennt, weil sie das so wollte.“

„Stimmt, das war irgendwann nach Bambergers Unfall, oder?“

„Genau! Ich habe sie jedenfalls ausfindig gemacht. Ich wusste nur noch, dass sie einen anderen Kollegen geheiratet hat, der auch gar nicht mehr hier am Klinikum ist. Mann, bis ich mich wieder an ihren neuen Nachnamen erinnern konnte, habe ich ganz schön gebraucht. Ich bin da eben einfach hingefahren, hatte aber Glück, und sie war zu Hause. Sie wohnt nämlich jetzt drüben in Lampertheim und hütet zwei kleine Kinder. Ich weiß jetzt, warum sie sich von Bamberger getrennt hat."

„Aha, und das hilft uns weiter?", fragte Olmer skeptisch.

„Ich denke schon! Sie war ja noch nicht allzu lange mit ihm zusammen, als er den Unfall hatte, aber irgendwie hatten sie wohl vom ersten Tag an übers Heiraten gesprochen. Na, jedenfalls muss er nach dem Unfall ziemlich komisch geworden sein. Wollte sich auf einmal aufheben für nach der Hochzeit und so. Aber sie glaubt, das war eine Ausrede. Imelda sagt, sie hatte nicht ein einziges Mal Sex mit Bamberger, und dass sie denkt, dass er nach dem Unfall einfach nicht mehr konnte. Verstehen Sie, der hat was zu kompensieren! Er ist der Hecht, ein Arzt, alle Frauen müssten auf ihn stehen, und dann hat der Typ Erektionsstörungen. Wahrscheinlich erst seit dem Unfall, meint Imelda, denn vorher hat sie schon ein paarmal, na ja, Sie verstehen schon, also, wenn man sich so näher kommt, ne!"

Olmer glaubte zu verstehen.

„Und außerdem hat die Imelda gesagt, dass Bamberger ihrer Meinung nach eine Vollmeise hat. Na, wie auch immer, ich hoffe, Sie finden Anne endlich!"

Olmer seufzte: „Ach, Herr Selzer, da wären wir alle hier auch sehr froh drüber, das können Sie mir glauben."

Wie schlafwandelnd folgt sie mir und setzt sich auf einen Hocker. Sie schafft es nicht, sich selbst auszuziehen, dazu ist sie zu schlapp. Sie lächelt und bittet mich um Hilfe. Solche Momente hätte ich mir oft erträumt, und nun entfällt der erotische Aspekt völlig, wie schade. Wie groß und dünn sie ist, wenn sie nichts anhat! Vorsichtig steigt sie in die Wanne und man merkt, dass sie das Schaumbad genießt. Ich bringe zwei Gläser Sekt aus der Küche und setze mich auf den Wannenrand, um mit ihr anzustoßen. Sie trinkt durstig das ganze Glas aus, denn sie hat schon lange nichts zu trinken gehabt. So schluckt sie genug Schlafmittel.

Missmutig blickte Olmer aus dem Fenster seines Büros, als schon wieder das Telefon bimmelte – das Ergebnis der Handyortung.

„Okay. Ja. Verstanden. Danke für die schnelle Arbeit!"

Er schob das Gerät zurück in die Hülle an seinem Gürtel und atmete tief durch. Für Rolf Iben und Matthes Horrweiler dauerte dieser Moment ewig lang, aber sie hielten ihn aus. „Brauereiviertel!"

„Nichts Genaueres?", fragte Matthes.

„Doch. Die Adresse kennen wir."

„Die von Birgit Dexheimers Wohnung?"

Olmer nickte.

Hoffentlich reicht die Menge in den Druckbehältern. Ich kann keine mehr holen wie neulich, als ich nicht mehr genug hatte. Denn wer weiß, wann sie bei mir zu Hause vor der Tür stehen werden, da will ich vorher alles erledigt haben, die Reste weggeschafft haben. Auch ihr Handy muss ich noch zerlegen, das darf ich nicht vergessen. Mir sind die Müllsäcke ausgegangen, die schwarzen, reißfesten. Nur einen habe ich noch. Das ist ärgerlich, so muss ich noch einmal raus, bevor ich weitermachen kann. Ich habe für nachher an die Müllcontainer bei den Hochhäusern in Ludwigshafen-Oggersheim gedacht, da wohnen so viele Leute und kennen kaum jemanden, da falle ich nicht weiter auf, außerdem wird gleich morgen früh geleert. Betäuben, baden, zerbrechen, entsorgen. Es sollte zu schaffen sein. Wie bei den anderen. Müllverbrennung Ludwigshafen, kurzer Weg, kurze Sorge, ewige Ruhe für sie und mich hinterher. Aber dann muss ich weg. Mit dem Auto, dem ganz neuen, das hoffentlich nicht kontrolliert wird. Sie sind mir einfach zu nahe gekommen, vermute ich. Vielleicht kann ich irgendwo wieder als Arzt arbeiten. Helfer werden immer gebraucht. In Flüchtlingslagern in Griechenland oder auf dem Balkan fragt bestimmt keiner danach, warum ich plötzlich helfen will. Dort zählt nur, dass ich es will.

Iben fragte: „Wessen Handy wurde da geortet?“
„Beide.“
„Ach du Scheiße! Fahren wir selbst hin oder bestellen wir das SEK?“
„Och, komm, Rolf, nun häng’s nicht so hoch auf!“, lästerte Horrweiler, aber Iben bekam Rückendeckung vom Chef: „Überleg mal, warum Anne in dem Wohnblock ist. Wenn sie da jemanden kennt, gut. Aber dass die Dexheimer-Wohnung dort liegt, ist sicher kein Zufall. Ich nehme an, sie ist genau dort. Aber was will sie da? Und dann noch seit gestern? Und was macht Bamberger auch noch dort?“
„Na ja, es könnte ja auch sein, dass sie vorher sonstwo gewesen ist. Oder nur ihr Handy liegt dort und sie ist ...“
„Ach was!“, brummte Olmer, „Das sind viel zu viele Spekulationen. Hätte sie ihr Handy verloren oder es wäre gestohlen worden, wäre sie doch trotzdem nach Hause gekommen! Und ehrlich gesagt: Lieber mache ich mich vor dem SEK lächerlich, als dass Anne irgendetwas passiert!“

Anne Mettenheimer erwachte. Sie lag in einer Badewanne, die sie nicht kannte. Überhaupt hatte sie keine Ahnung, in wessen Badezimmer sie war. Sie wollte aufstehen, aber ihre Glieder waren schwer von der langen Betäubung. Sie war so schlapp, dass sie sich nicht in Sicherheit bringen konnte, und dass sie das tun musste, hatte sie seit dem ersten wachen Moment begriffen. Wie war sie in diese Wanne geraten? Wieso hatte sie dermaßen Kopfschmerzen? Und wieso war sie nackt? Nur mühsam erinnerte sie sich: Sie war zu Bamberger gefahren. Sie hatte sein Haus betreten. Hatte sie ihn gesehen? Gar gesprochen? Anne konnte sich an absolut nichts mehr erinnern. Und nun lag sie hier und kam nicht hoch, fühlte sich völlig gelähmt und fror erbärmlich.

Über den Wannenrand hinweg sah sie mehrere silbrige Behälter, wie sie in Laboren zur Aufbewahrung von Flüssigstickstoff benutzt wurden. Man hielt damit zum Beispiel biologische Präparate frisch, bis sie untersucht und bearbeitet wurden. Kippe hatte bei sich in der Rechtsmedizin auch immer welche davon. Aber warum standen hier dermaßen viele, und warum vor dieser Wanne?

Auf einmal wusste Anne, wie die drei Frauen vor ihr verschwunden waren. Panik schoss glühend heiß vom Rumpf in die Gliedmaßen, und plötzlich schaffte sie es, sich über den Rand der Wanne zu wälzen. Auf den Knien rutschte sie bis zur Badezimmertür und verriegelte die Rosette im Schloss. Dann schleppte sie sich zur Wanne zurück, kletterte mit letzter Kraft hinein und döste wieder ein.

Ach, es ist alles aus dem Ruder gelaufen. Ich wollte meine neue Heimat Worms nicht mehr verlassen, aber nun werde ich müssen. Ich habe zu viele Fehler gemacht. Ich habe mich provozieren lassen und beim ersten Mal gemerkt, wie sehr es mich beruhigt, wenn die Arbeit getan ist. Also habe ich öfter nach dieser Beruhigung gesucht, und es war leider auch überhaupt nicht schwierig, neue arglose Mitspielerinnen zu finden. Ich bin immer tiefer in den Sumpf gesunken, aus dem Teufelskreis von Wut und Befriedigung nicht mehr herausgekommen. Nun ist es zu spät. Dies hier noch, dann muss ich aufhören.

Das mit dem SEK erwies sich als nicht so einfach: Der Leiter der Kriminalinspektion, Martin Sommer, war mittlerweile mit den drei Kollegen vom K1 in Olmers Büro und gestikulierte beim Telefonieren wild in der Gegend herum. Derlei extrovertiertes Verhalten kannte man von dem sonst stets eher kühl im grauen Anzug agierenden Vorgesetzten nicht, entsprechend aufregend musste sein, was er zu besprechen hatte. „Das kann jetzt aber nicht wahr sein!", rief er, und „Da braucht man einmal ein SEK!" Dann donnerte er den Telefonhörer auf die Gabel und schlug wütend neben sich auf den Tisch. „Mist! Entschuldigung, aber so ist es. In Ludwigshafen läuft gerade ein Banküberfall mit Geiselnahme, in Mainz gab es eine Bombendrohung im Landtag. Wir kriegen kein SEK."

„Also los!", rief Norbert Olmer, schnappte sich seine Dienstwaffe und den Autoschlüssel. Die Kollegen folgten ihm und ließen den Leitenden einfach stehen.

Im Auto fragte Matthes: „Sind wir jetzt sicher, dass Bamberger der Täter ist und dass er die Frauen so hat verschwinden lassen, wie der Notarzt Selzer das erzählt hat?"

„Nein", sagte Olmer, „aber das ist eine richtig gute Erklärung, das lässt am Ende als einzige Variante alles schlüssig erscheinen."

„Aber wie soll denn die Vibrationsbehandlung gelaufen sein? Ich meine, da gibt es doch gar keine Einrichtungen in der Wohnung oder bei ihm im Institut, wo ich das ja an seiner Stelle gemacht hätte, damit man nicht so viel zu schleppen hat."

„Nein, das mit der Vibration dürfte schwierig werden, aber du hast ja auf Youtube gesehen, dass theoretisch ein einfacher Hammer genügt, um die Eisfrauen zu zertrümmern", sagte Olmer.

„Ogottogott, hoffentlich hast du nicht Recht!" Matthes Horrweiler mochte nicht daran denken.

„Aber das mit dem Gefriertrocknen ...?", gab Rolf Iben zu bedenken.

„Ach, selbst wenn die Zeit dazu nicht reicht, kann er die zerbrochenen Körper, denn anders kann man es ja nicht nennen, in relativ kleinen Behältern oder Taschen oder so wegbringen. Und falls er das nicht bloß in dieser Wohnung, sondern praktischerweise sogar an seinem Institut im Klinikum getan hat, merkt das nicht mal jemand. Womöglich hat er alles über den ganz normalen Institutsmüll entsorgt."

„Hört auf, es reicht!", befahl Matthes. „Außerdem sind wir da!"

Ein Streifenwagen riegelte die Zufahrt zu der Stichstraße vom Kreisel in der Mitte des Viertels ab. Das K1, momentan ja lediglich noch aus Norbert Olmer, Rolf Iben und Matthes Horrweiler bestehend, wartete bereits mit einigen zusätzlichen Kollegen an der Straßenecke außer Sichtweite der Wohnung.

Einige Beamte benutzten das Treppenhaus, das K1 fuhr im Lift hoch zu Birgit Dexheimers Wohnung. Iben und Olmer hatten ihre Dienstwaffen bereits entsichert, dann nickte Norbert Olmer Matthes Horrweiler zu, der die Tür fast lautlos öffnete: Das K1 konnte mit den Kollegen die Wohnung betreten. Die Eltern Dexheimer hatten alle Vorhänge ordentlich zugezogen, so dass sie sich trotz des Sommerwetters draußen erst auf das schummrige Licht der Wohnung einstellen mussten. Sie hatten zwar nicht überall sofort alles im Blick, dennoch war recht schnell klar, dass hier wohl niemand mehr war. Nur ein Raum fehlte noch: Vermutlich das Bad, ganz am Ende des Flurs. Rolf Iben drückte vorsichtig die Klinke herunter und schüttelte den Kopf: Abgeschlossen!

Ein recht stabil gebauter Kollege schob Rolf beiseite, holte Schwung und warf sich gegen die Tür, die gleich im ersten Anlauf splitternd aus dem Schloss brach und den Blick ins Bad freigab. Erschrocken rührten sich die vorderen Männer zunächst gar nicht, bis Norbert Olmer ein entsetztes „Oh Gott!“ ausstieß.

Ich bin unkonzentriert. Wie konnte ich die Müllsäcke vergessen? Ich will keine weiteren Fehler machen. Gleich kann ich alles beenden. Aber was ist das? Warum stauen sich die Autos, die von der Alzeyer Straße ins Brauereiviertel abbiegen? So viel ist hier doch nie los. Die Stichstraße, in die ich will, ist mit einem Streifenwagen verstellt, soviel kann ich von hier aus sehen. Ich gleite also schon eine Ausfahrt vorher aus dem Kreisel, fahre einfach weiter, biege in die Monsheimer Straße ab und verschwinde aus der Gefahrenzone. Ich habe nichts dabei außer meiner Brieftasche. Und Müllsäcken. Wenn sie jetzt hier sind, sind sie vielleicht nicht bei mir zu Hause, und es reicht noch, ein paar Sachen zusammenzupacken, bevor ich losfahre. Ich muss es versuchen.

Mit zwei schnellen Schritten hechtete Norbert Olmer zum Regal, riss ein Badelaken heraus und breitete es wie eine Decke über Anne. Dann erst griff er nach ihrem Handgelenk und tastete nach dem Puls. „Sie lebt!“, rief er und merkte, wie überaus erleichtert er war. Matthes Horrweiler brüllte durch den Flur: „He, wo sind die Sanis? Lasst die mal durch!“ Wenige Augenblicke später wurde Anne Mettenheimer aus der Wanne gehoben, auf eine Trage gelegt und zugedeckt. Im Wohnzimmer, dem größten Raum der Wohnung, machte sich eine Notärztin an die Erstversorgung. Norbert Olmer und Rolf Iben standen daneben und beobachteten jeden Handgriff, bis die Ärztin aufstand und sagte: „Wir nehmen sie jetzt mit in die Klinik. Sie ist stabil, aber sie hat vermutlich ziemlich lange betäubt hier gelegen. Auf den ersten Blick würde ich sagen, sonst ist alles in Ordnung. Aber das müssen wir uns nachher genauer ansehen. Einstweilen machen Sie sich mal keine allzu großen Sorgen. Das bringt ja auch nichts!“

Das war leichter gesagt als getan, aber dass ihre Kollegin nun in guten Händen war, beruhigte die Männer vom K1 doch.

Im Bad fanden sie kurz darauf gleich mehrere der Edelstahl-Druckbehälter für die Lagerung von Flüssigstickstoff. „Wahnsinn!“, meinte Rolf Iben. „Wahrscheinlich sind wir gerade noch rechtzeitig gekommen, bevor Bamberger Anne auf Eis legen konnte. Er hätte sie bestimmt nicht mehr lange hier eingesperrt, das Risiko wäre viel zu groß gewesen. Ich frage mich nur, wo der hin ist.“

„Das kann ich dir sagen: Vermutlich ist Carsten Bamberger gerade in irgendeinem Baumarkt einkaufen. Hier liegt nämlich nur ein einziger Müllsack. Das dürfte zum Abtransport der vereisten oder gar zertrümmerten Leichenteile nicht ausreichen.“

„Igitt!“

„Ja, gut, dass der Notarzt, der Selzer, vor lauter Langeweile Youtube geguckt hat, sonst wären wir wohl zu spät gekommen. Was sagt eigentlich die Zentrale?“

„Bamberger ist zur Fahndung ausgeschrieben. In Herrnsheim in seinem Haus ist er nicht, in der Klinik auch nicht. Es heißt also abwarten.“

„Hermann, ich sag dir, da stimmt was nicht! Ich habe seit gestern fünfmal bei Anne zu Hause angerufen und sie nicht erwischt, ich hab's inzwischen auch viermal bei ihr auf der Arbeit probiert, auch da ist sie nicht. Dann hab ich den Olmer direkt angerufen, und der hat so rumgedruckst, also ich weiß nicht, ich glaube, der hatte was zu verbergen. Ich fahr da jetzt hin!“

„Zum Olmer?“, fragte Hermann Mettenheimer verwundert.

„Quatsch! Nach Osthofen in die Tempelgasse natürlich!“, rief Käthe Mettenheimer und stürmte nach draußen. Ihr Gatte sah ihr kopfschüttelnd nach. Wahrscheinlich hatte Anne einfach auf dem Display gesehen, dass ihre Mutter schon wieder anrief, und daher nicht abgehoben. Dermaßen viele Mutter-Tochter-Gespräche wie Mama Mettenheimer wollte, konnte nun wirklich niemand verkraften!

Da sie einen Schlüssel zu Annes Hof und Haus besaß, stand Käthe Mettenheimer wenig später in Annes Küche und erschrak mindestens so sehr wie Henning Selzer, der in Shorts und Unterhemd an der Spüle stand und sich ein spätes Abendbrot belegen wollte.

„Wer sind Sie und was machen Sie hier?“, fuhr sie Henning an. Noch bevor er antworten konnte, legte sie nach: „Und glauben Sie bloß nicht, ich hätte Angst vor irgendwelchen Einbrechern! Ich weiß mich sehr wohl zu verteidigen.“

„Äh, ja, ich auch“, sagte Henning und begann zu grinsen. „Sie müssen Annes Mutter sein, hab ich recht? Ich bin Henning Selzer.“ Er streckte ihr die Hand hin, die sie jedoch nicht ergriff, sondern die Arme fest unter der Brust verschränkte. „Sind Sie aus dem Internet?“, fragte sie.

„Nein, wieso?“

„Na, immerhin!“, meinte Mama Mettenheimer, ohne Selzers Frage zu beantworten. „Also, wo ist meine Tochter?“

„Ich weiß es nicht. Ehrlich gesagt, ich mache mir große Sorgen. Sie ist gestern spontan zu einem Tatverdächtigen gefahren und nicht zurückgekommen. Ich weiß auch nicht mal, ob sie dort überhaupt angekommen ist.“

Käthe Mettenheimer schlug sich mit der Hand vor die Brust und ließ sich auf einen der Küchenstühle fallen. „Herrje, das sind ja Neuigkeiten! Ich hab’s doch geahnt! Und Herr Olmer weiß Bescheid, stimmt’s?“

„Natürlich! Irgendjemand muss sie ja suchen.“

„Das können wir doch tun! Los, kommen Sie ...“

Henning lächelte. „Nein, das lassen wir besser. Ich hab’s schon versucht, aber da bin ich bloß einer Streife aufgefallen, statt helfen zu können.“

Mama Mettenheimer stand auf, um sich einen Baldriantee zu kochen. Eine Packung davon hatte sie bei Anne im Vorratsschrank verstaut, denn es war absehbar, dass man in diesem Haushalt dann und wann dringend der Beruhigung bedurfte, fand sie. Und da bereits ein paar Beutel fehlten, hatte sie mit ihrer Vermutung offensichtlich recht gehabt. Dann begann Selzers Handy zu piepsen. Henning nahm das Gespräch an und ging dazu hinaus auf den Hof. Als er wieder in die Küche kam, strahlte er: „Sie haben Anne gefunden!“

„Halleluja!“, rief ihre Mutter und schaltete den Wasserkocher wieder ab.

„Dieser Typ hat sie offensichtlich betäubt und wollte sie umbringen, aber das konnten Annes Kollegen verhindern. Der Mann ist flüchtig und Anne jetzt im Krankenhaus. Sie wird gerade untersucht. Es klang auch so, als wäre sie noch gar nicht ganz wach geworden bislang. Aber es sei soweit alles okay, hat Olmer gesagt. Fahren wir zusammen hin?“

Rolf Iben und Matthes Horrweiler hatten sich vorgenommen, die Nachbarn der Dexheimer-Wohnung im Brauereiviertel zu befragen. Leider erwies sich das als nicht eben einfach: Entweder war niemand zu Hause oder wenn doch, dann hatte man nicht einmal mitbekommen, dass die junge Frau aus dem dritten Stock nicht mehr hier lebte. Nur in der Wohnung direkt gegenüber bekamen die Kommissare Auskunft. Ein älteres Ehepaar berichtete, der Mann, der jetzt wohl in der Wohnung wohne, sehe ja sehr ordentlich aus, er verdiene bestimmt gutes Geld. Man wundere sich jedoch, dass er die Wohnung bekommen habe, denn direkt nach dem bedauerlichen Verschwinden der Frau habe man kurz mit den Eltern Dexheimer gesprochen, die man im Übrigen aus früheren Zeiten vom Turnverein her kenne, und die hätten nicht vorgehabt, ihre Eigentumswohnung zu vermieten. Frau Dexheimer habe gesagt, es könne ja schließlich sein, dass ihre Birgit eines Tages wieder nach Hause finde. Offensichtlich habe man sich nun doch anders entschieden. O ja, man habe öfter beobachtet, dass der neue Mieter schwere Last mit sich geführt habe: einen Einkaufstrolley, unten eine große Plastikkiste für die schweren Dinge, oben eine blaue IKEA-Tasche für die kleineren und leichten Einkäufe. Er kaufe ja ziemlich oft ein, der neue Herr! Edelstahl? Nein, da sei ihnen nichts aufgefallen. Nur immer der Trolley. Ob sie nun schon wieder neue Nachbarn bekämen? Aber da konnten die Herren vom K1 auch nicht weiterhelfen.

„Kannst du dich denn an gar nichts mehr erinnern?"

Norbert Olmer saß der neben Anne Mettenheimers Bett und versuchte verzweifelt, möglichst bald etwas aus ihr heraus zu bekommen, denn immer wieder nickte seine Kollegin ein. Was hatte Bamberger ihr nur verpasst? Und wieviel davon? Das musste das Labor noch ergründen. Einstweilen saß er hier bei der dösenden Anne und kam nicht vorwärts. „Carssen...", murmelte sie eben, dann sank ihr Kopf wieder zur Seite.

„Ja, soviel weiß ich schon!", murrte Olmer.

„Sie wollen sie doch nicht etwa jetzt verhören, was!", protestierte Mama Mettenheimer energisch, als sie die angelehnte Zimmertür aufgeschoben hatte und den Chef bei ihrer weitgehend schlafenden Tochter sitzen sah.

„Na ja, ich habe versucht, Anne zu befragen, was ihr passiert ist, damit wir den Mann beizeiten finden. Wir brauchen ihre Informationen."

„Unmöglich!", schimpfte Käthe Mettenheimer und rückte sich auf der anderen Seite des Bettes einen Stuhl zurecht.

„Die Ärztin meint, es könne noch ein paar Stunden dauern, bis Anne wieder so richtig wach ist."

„Dann warten wir doch einfach ab, bis sie ausgeschlafen hat", schlug Henning vor. „Herr Olmer, wir bleiben hier und wir melden uns, wenn Anne was zu sagen hat."

„Das ist eine gute Idee. Ich wollte ohnehin noch einmal im Labor vorbei, um nachzufragen, wie lange die brauchen, bis sie Annes Blut analysiert haben. Vielleicht habe ich ja Glück und treffe auch Bambergers Chef noch an."

Olmer hatte Glück: Dr. Wolfgang Kreyer war kürzlich von seiner Gattin vor die Tür der Villa im noblen Wormser Musikerviertel gesetzt worden und verspürte keinerlei Drang, früher als unbedingt notwendig in die noch spärlich eingerichtete Mietwohnung in Kliniknähe zurückzukehren, die er sowieso nur als Interimslösung ansah. Also vertrieb er sich die Zeit nach Dienstschluss in letzter Zeit gern in seinem Büro, wo er seine Forschungsergebnisse wesentlich besser in Worte fassen konnte als zu Hause. Ach, zu Hause! Kreyer seufzte tief und bekam beinahe einen Schrecken, als es an seiner Tür klopfte. Schon wieder dieser Kommissar! Der war doch heute früh schon dagewesen! Daher verlieh er seinem Unwillen auch deutlich Ausdruck: „Was kann ich denn noch für Sie tun?“, fragte er.

Norbert Olmer berichtete davon, in welcher Notlage man Anne Mettenheimer gefunden hatte und dass man davon ausgehen müsse, dass Dr. Bamberger das alles angerichtet habe. Obendrein sei er derzeit flüchtig. „Fällt Ihnen nicht doch noch irgendetwas zu Ihrem Kollegen ein? Möglicherweise auch nur so ein Gefühl, gar nichts konkret Greifbares, womit man normalerweise niemanden behelligen will, was aber jetzt doch ein wichtiges Puzzleteil sein könnte.“

„Nein!“, bellte Kreyer unwirsch. „Außer, dass er seit einiger Zeit öfter mal übernächtigt wirkt, wahrscheinlich schlecht geschlafen hat. Aber das habe ich Ihnen ja heute morgen schon gesagt.“

„Nein, haben Sie nicht“, schob der Kommissar so freundlich wie möglich ein. „Ach ja, und was ich auch noch fragen wollte: Sie haben hier doch einen größeren Vorrat an Flüssigstickstoff zur Konservierung Ihrer Präparate, oder?“

„Natürlich, was soll die Frage?“

„Nun, wir gehen mittlerweile davon aus, dass jemand,

eventuell also Dr. Bamberger, mehrere Frauen in Flüssigstickstoff gelegt hat, damit sie extrem tiefgefroren regelrecht zerschlagen werden können und keine Leichname existieren, sondern nur noch Kleinteile, die unauffällig wegzuschaffen sind. Jedenfalls, sofern sie noch gefroren beispielsweise in Beutel oder Säcke gefüllt worden sind."

Nun interessierte sich Dr. Kreyer für das, was der Beamte zu sagen hatte. „Meinen Sie wirklich? Und das trauen Sie nun Bamberger zu? Erstaunlich! Aber nicht von der Hand zu weisen, da er ja quasi an der Quelle sitzt. Kommen Sie mit, ich zeige Ihnen unser Institut."

Kreyer stand auf, griff nach seinem Schlüsselbund und winkte Olmer, ihm zu folgen. Als das Büro abgeschlossen war, steuerten sie seine Abteilung hinter einer zweiflügeligen geriffelten Glastür an, neben der „Pathologisches Institut", die Öffnungszeiten und „Bitte klingeln" stand. Kreyer schloss die Tür auf und ließ sie hinter sich und Olmer wieder ins Schloss fallen.

Am Ende des nun in grellem Neonlicht vor ihnen liegenden Ganges befand sich der Raum, den Kreyer Olmer zeigen wollte. „Sehen Sie", begann er, „hier werden unsere Vorräte gelagert. Dr. Bambergers Mitarbeiterin führt seit Jahren akribisch Buch über den Verbrauch."

„Und da lässt sich nichts türken?", fragte Olmer.

„Türken? Ich bitte Sie!"

„Na ja, vielleicht weiß die Mitarbeiterin gar nicht ..."

„Nein, ich möchte zuallererst darum bitten, das Wort türken nicht in diesem negativen Sinne einzusetzen, Herr Kommissar!" Dr. Kreyer drehte sich weg und blätterte in einem abgegriffenen Heft, während Olmer sich fragte, welche umgangssprachlichen Begriffe demnächst noch auf der schwarzen Liste stehen würden. Das mit den Schokoküssen ging ja gerade noch, aber bei anderen Ausdrücken tat er sich schwer. So wie hier. Dabei meinte er das doch gar nicht negativ, es war halt einfach in seiner Sprache verankert.

„Hier, schauen Sie, in dieser Kladde hält die Mitarbeiterin jeweils fest, wenn Material ausgegeben worden ist. Nach einer gewissen Zeit überträgt sie all das in eine Liste im Computer. Sie geht schon auf's Rentenalter zu, wissen Sie, da ist das manchmal noch so, dass das Personal Notizen auf Papier macht, statt gleich ins System zu schreiben."

„Ach ja", dachte Olmer bei sich, „ins System schreiben! Dabei hat Schreiben mit Schrift zu tun, während man ins System im Computer doch höchstens zu tippen vermag. Dass nun ausgerechnet einem offensichtlichen Korinthenkacker wie Kreyer dieser Lapsus unterläuft, ha, wunderbar! Aber darf man eigentlich noch Korinthen kacken? Nachher beleidigt man damit auch jemanden. Die Korinther? Die Korinthen?"

„Hören Sie mir überhaupt zu?", fragte Kreyer nun ungehalten.

Norbert Olmer bemerkte, dass er abgeschweift war. „Oh, entschuldigen Sie, aber ich hatte einen langen und überaus anstrengenden Arbeitstag, der ja auch noch längst nicht beendet ist, da hatte ich eben ein kurzes Konzentrationsproblem. Würden Sie freundlicherweise noch einmal wiederholen, was Sie zuletzt gesagt haben?"

„Ja, also, ich sagte, ich gehe davon aus, dass hier alles seine Richtigkeit hat. Bambergers Mitarbeiterin will ja sicher nicht noch kurz vor der Verrentung ihre Stellung auf's Spiel setzen, nicht wahr!"

„Das kann man auch anders herum auslegen", gab Olmer zu bedenken.

„Wie meinen Sie das?"

„Nun, sollte sie nicht das eintragen, was Bamberger verlangt, droht ihr dieser genau damit."

„Aber wieso? Das kann er doch gar nicht!"

„Stimmt, aber oft genug wissen die Menschen nicht so genau, wer was darf, und dass zum Beispiel hier ihr direkter Vorgesetzter absolut nichts mit ihrer Anstellung zu tun hat, ja, streng genommen nicht einmal Sie, Herr Dr. Kreyer, sondern allein die Klinikleitung. Wenn da jemand gutgläubig ist, geht eine Menge, die Erfahrung mache ich immer wieder."

Es darf nicht rauskommen. Ich will nicht auffliegen. Natürlich wird dokumentiert, wo alle Material-Vorräte bleiben, wer sie benutzt, wie viel verbraucht worden ist. Meine Mitarbeiterin führt Buch darüber. Eher ein Heft. Speckiges Notizheft. Mit Bleistift. Aber nein, da ändere ich nie etwas, obwohl ich gut radieren könnte. Ihre Schrift könnte ich wohl nicht kopieren, aber ihre Zahlen sind sehr leicht nachzumachen. Oft genug verlässt sie ihren Arbeitsplatz, um einen Botengang zu machen. Oft genug mit einem Auftrag von mir und eigens aus dem Grund, dass ich an ihren Computer kann. Sie bleibt den ganzen Tag über eingeloggt, und wenn ich die Verbrauchswerte von vor zwei oder drei Wochen erhöhe, merkt sie das nicht. Wie auch! Wer könnte sich die Zahlen schon merken! Außerdem habe ich nicht den Eindruck, dass sie sich die Tabelle noch einmal durchliest, bevor sie sie mir zur Unterzeichnung und Weiterleitung an den Institutsleiter ausdruckt. Sie geht einfach davon aus, dass sie die Einzige ist, die Zugang zu ihrem Computer hat.

Norbert Olmer wartete eine Weile vor den Aufzügen, aber immer, wenn sich dann doch endlich eine der Türen öffnete, stand bereits ein Bett mit ein oder zwei Schwestern oder Pflegern zum Schieben darin und er hätte sich neben einen schwerkranken bettlägerigen Menschen auf dem Weg in ein anderes Stockwerk quetschen müssen. Das wollte er niemandem antun, gab nach einiger Zeit das Warten auf und ging zum Treppenhaus. Es waren nicht allzu viele Stockwerke, die er erklettern musste, um zurück auf die Station zu gelangen, auf der Anne Mettenheimer lag, aber Olmer merkte wieder einmal, wie sehr seine Kondition nachgelassen hatte. Keuchend trat er aus dem Treppenhaus auf den Gang, tupfte sich eilig mit der Krawatte den Schweiß von der Stirn und lief zur Zimmertür, hinter der er Mama Mettenheimers lautes Palaver hörte.

„Aber nichts wirst du!“, verfügte sie gerade, als Olmer den Raum betrat.

„Guten Abend“, sagte der Chef des K1 vorsichtig, denn er spürte die angespannte Stimmung im Raum.

„Ha, Sie kommen gerade recht!“, donnerte die Mutter der Kommissarin. „Ich habe Anne eben klargemacht, dass sie auf gar keinen Fall mehr eine Aussage machen wird. Jetzt wird geschlafen, basta!“

Anne, die nun deutlich wacher wirkte als vorhin, winkte ab und sagte: „Mama, ich hab seit gestern Abend ohne Unterbrechung geschlafen, ich bin jetzt wach und muss Norbert unbedingt einige Dinge sagen, die mit dem Fall zu tun haben. Ich würde sogar meinen, es wäre gut, wenn du jetzt nach Hause gehen und dich ausruhen würdest, bevor du einen Herzanfall riskierst!“

„Du wirfst mich raus? Mich, deine Mutter? Na, das ist ja wunderbar! Aber das kannst du haben, mein Fräulein!“

Käthe Mettenheimer erhob sich, griff nach ihrer Tasche

und der Flasche Orangensaft, die sie eigens für ihre Tochter mitgebracht hatte, stieß ihren Stuhl so schwungvoll von sich, dass er gegen die Wand krachte und verließ den Raum mit energischem Schritt.

„Au weia“, kommentierte Henning Selzer die Szene.

„Ach was! Mama kriegt sich wieder ein. Spätestens, wenn etwas Neues passiert ist und sie informiert werden will!“

Olmer lächelte unsicher, schob sich Mama Mettenheimers Stuhl zurecht und fragte: „Und wie geht dir's jetzt?“

„Phänomenal, wie es einem gehen kann, wenn die einem was spritzen! Ich fühl mich gerade so wach wie zum letzten Mal zu der Zeit, als ich noch keine Kinder hatte.“

Henning unterbrach die Kommissare: „Ich glaube, ich mache mich jetzt auch auf den Heimweg. Es ist fast Mitternacht und ich muss morgen früh arbeiten. Außerdem kann ich vielleicht noch ein paar Pluspunkte einfahren, wenn ich eine wütende rheinhessische Mutter auf der Landstraße aufsammle und nach Westhofen expediere, was meint ihr?“

Da stimmten alle in stiller Übereinkunft zu. Als Selzer das Zimmer verlassen hatte, fragte Norbert Olmer: „Woran kannst du dich erinnern? Ist etwas Wichtiges für uns dabei?“

„Ach was!“, seufzte Anne. „Irgendwie weiß ich nichts. Gar nichts. Ich bin zu Bambergers Haus gefahren und habe geklingelt. Dann habe ich gemerkt, dass die Tür nur angelehnt war, habe sie aufgeschoben und bin in den Hausflur getreten. Danach weiß ich nichts mehr. Oder doch: Ich bin dann irgendwann in der Wanne aufgewacht, habe die Edelstahlbehälter gesehen und schlagartig gewusst, wie er die anderen Frauen beseitigt hat. Plötzlich habe ich es geschafft, mein letztes bisschen Kraft zusammenzuraffen und die Tür von innen zu verriegeln. Ich glaube, ich bin komischerweise sogar wieder in die Wanne geklettert, oder?“

„Bist du." Olmer nickte. „Aber du weißt nicht, wie du in die Wohnung gekommen bist, oder?"

„Doch, natürlich, ich habe dir doch eben gesagt, dass die Haustür nur angelehnt war."

„Nein nein, ich meine nicht Bambergers Haus, sondern die Wohnung von Birgit Dexheimer."

„Was sollte ich denn da?"

„Ähm, na ja, da haben wir dich gefunden, Anne!"

„Oh!"

„Du weißt es also nicht ..."

„Nein. Keine Ahnung."

„Okay, macht ja nichts."

„Und Bamberger? Habt ihr den?", fragte Anne dann.

„Leider noch nicht. Er war nicht in der Wohnung, als wir dich gefunden haben. Aber die Fahndung läuft."

„Wie seid ihr denn darauf gekommen, dass Bamberger was mit Flüssigstickstoff vorhatte?"

„Da kannst du deinem Henning mal danken, dass er Zwei und Zwei zusammengezählt hat! Ihm ist das mit den Edelstahlbehältern in Bambergers Kofferraum aufgefallen, sonst wäre dein furchtbar leichtsinniger Alleingang womöglich tödlich ausgegangen!"

Anne malte mit dem Finger Muster auf die Bettdecke. „Ich weiß, das war eigentlich unverantwortlich", gestand sie.

„Das kannst du wohl laut sagen!", brummte ihr Chef. „Du hast ein Wahnsinns-Glück gehabt, weißt du das?"

Anne nickte: „Ich hab einen blutigen Anfängerfehler gemacht, unverzeihlich!"

„Na, wenn du wenigstens etwas daraus lernst!"

„O ja, natürlich! Ich werde morgen ..."

„Ooooh, nein! Morgen wirst du mal gar nichts! Und übermorgen auch nicht gleich! Ich werde ein ernstes Wort mit dem Stationsarzt sprechen, damit der dich krankschreibt."

„Krank? Aber mir geht's doch prima!", protestierte Anne.

„Ja, klar! Meine Liebe, du bist raus aus dem Fall, denn du bist mir erstens viel zu benebelt und zweitens involviert, das regeln wir schon allein, und du fährst in ein, zwei Tagen, wenn du hier rauskommst, nach Hause und ruhst dich richtig aus. Das ist eine dienstliche Anweisung, verstanden!"

„Hm. Verstanden", murmelte Anne Mettenheimer und verzog das Gesicht.

Es ging bereits auf zehn Uhr zu. Norbert Olmer konnte trotz bleierner Müdigkeit nicht zur Ruhe kommen. Zu Hause bei Gertrud hatte er sich längst für das Abendessen abgemeldet, und immer wieder erkundigte er sich, ob denn nicht irgendjemand in der Republik Dr. Bamberger und sein Auto gesichtet hatte. Das war doch zu komisch, dass der Kerl wie vom Erdboden verschluckt war.

In seinem Büro nahm Olmer sich die Krankenakte vor, die er mittags in der Berufsgenossenschaftlichen Unfallklinik Ludwigshafen angefordert hatte und die er nun als Datei bekommen hatte. Angespannt scrollte er sich durch die Seiten und staunte nicht schlecht, als ihm klar wurde, dass Dr. Carsten Bamberger nicht nur einen Bruch des Hüftknochens und zweier Wirbel zu beklagen hatte, sondern später noch mehrfach zur Beratung im Hause gewesen war, weil er als Spätfolge des Unfalls unter massiven Erektionsstörungen litt. Henning Selzer hatte also recht gehabt. Der Urologe hatte jedoch keinen physischen Grund finden können und den Patienten an die psychologische Abteilung überwiesen. Aber auch hier konnte Bamberger offensichtlich nicht geholfen werden. Dann las Nobert Olmer etwas, das ihm ganz plötzlich den Puls hochschnellen ließ.

Ich wollte ein Haus, eine Frau, eine Familie. Sie hat alles zunichte gemacht. Nicht absichtlich natürlich, aber dennoch trägt sie die Schuld. Sie weiß es nicht, denn als ich zufällig über Athenet auf sie gestoßen bin, hat sie meinen Namen nicht mehr gewusst. Sie hat ihn nicht einmal verdrängt, sondern sich wohl nie gemerkt, er war unwichtig, ich war ja nur das Unfallopfer. Und dann steht sie plötzlich vor mir, will mich kennenlernen, weil sie mich für irgendjemanden hält, der sie noch nie gesehen hat. Ja, ich kannte sie nicht. Nur als die Auslöserin all meines Unglücks, sonst nicht. Aber das reichte ja schließlich! Ihretwegen kann ich alle Pläne begraben! Sie wollte mich nicht nur treffen, sondern gleich am ersten Abend mehr! Mein Gott, wie sollte ich denn? Selbst wenn ich gewollt hätte, selbst mit ihr, ich hätte doch nicht gekonnt! Und sie, sie konnte einfach so weiterleben, aber ich, ich hatte die Folgen zu tragen. Lebenslang! Da kam ich ganz schnell darauf, sie büßen zu lassen. Ich war plötzlich so zufrieden wie nie zuvor, denn alles funktionierte bestens. Ach was, zufrieden: Es ist eigentlich ein Rausch, der lang anhält und mit nichts zu vergleichen ist. Höchstens mit dem Gefühl, das ich seit damals nicht mehr spüren kann.

Der Unfall, dessentwegen Bamberger all diese Leiden zu ertragen hatte, war in Worms geschehen. Als Unfallverursacherin war in einem polizeilichen Protokoll auch der Name angegeben: Birgit Dexheimer!

Norbert Olmer merkte, dass er, obwohl er eigentlich nach dem langen Aktenstudium endlich todmüde war, plötzlich schnaufte vor Aufregung. Da waren doch endlich eine zusätzliche Verbindung und ein deutliches Motiv! Und dennoch: Erklären konnte man das Verschwinden und den möglichen Tod von Birgit Dexheimer vielleicht, aber wirklich nachweisen konnte man Bamberger damit immer noch nichts. Er tippte eine kurze Nachricht an seine Kollegen über seine neuen Erkenntnisse und schickte sie ab, dann schloss er sein Büro ab, stieg matt bis ins Erdgeschoss, winkte den diensthabenden Kollegen an der Pforte und machte sich endlich auf den Heimweg.

Ich sehe Neffen und Nichten heranwachsen und werde dauernd gefragt, wann es denn bei mir so weit sei. Als wäre etwas nicht in Ordnung mit mir. Wenigstens scheinen sie keine Angst zu haben, dass ich ein perverser Kinderschänder bin, nur weil ich keine eigenen Kinder produziere und meistens auch keine Frau an meiner Seite habe. Ein bisschen komisch komme ich ihnen aber wahrscheinlich schon vor. Das ist alles ihre Schuld. Und dann will sie auch noch Sex von mir! Ich habe richtig gehandelt, sie hatte das verdient. Aber dass das so guttun würde, das konnte ich nicht vorausahnen. So ein unerwartetes Hochgefühl, ein lang anhaltender Rausch! Besser als jede Droge! Der Fehler war, dass ich es nochmal erleben wollte. Und nochmal. Und am besten immer wieder.

„Jesus, was ist denn mit dir los?“, fragte Rolf Iben erstaunt, als sein Chef am nächsten Morgen deutlich später als sonst an seinem Büro vorbei kam. „Du siehst aus wie ein Gespenst. Schlecht geschlafen?“

Olmer blieb stehen und lehnte sich im Türrahmen an. „Gar nicht“, sagte er.

„Wieso das denn?“

„Ich hab bis fast Mitternacht hier gesessen und die Krankenakte von Bamberger gelesen. Danach war ich zu Hause im Bett, aber ich habe mich nur stundenlang von einer Seite auf die andere gewälzt.“

„Oh, und? Was Neues?“

„Nun sag nicht, du hättest meine Mail von heute Nacht noch nicht gelesen! Wozu tipp’ ich die denn, verdammt!“

„Meine Güte, nun sei doch nicht so dünnhäutig! Da kann doch ich nichts für, wenn du nicht schläfst!“, meinte Iben.

Olmer ging wortlos hinüber in sein Büro. Als Iben die Mail gelesen hatte, sprang er auf und wollte das weitere Vorgehen besprechen. Dazu goss er einen großen Becher frischen Kaffee ein, den er zur Besänftigung des müden Kollegen mit hinübernahm. Dort angekommen stellte er fest, dass man nach durchwachter Nacht ganz offensichtlich in der Lage sein konnte, binnen weniger Augenblicke selbst in ungünstigster Position einzuschlafen: Norbert Olmer hing schräg sitzend in seinem Bürostuhl, der Kopf war ihm ebenso schräg nach hinten gesunken und er schnarchte zum Gotterbarmen. Behutsam schloss Rolf Iben die Bürotür, nicht ohne zuvor ein heimliches Handy-Video von der aktuellen Lage gemacht zu haben, und klebte ein Blatt an die Tür, auf dem in fetten Buchstaben „NICHT STÖREN!!!“ stand. Dann rief er in der Zentrale an und verbot unter Todesstrafe das Durchstellen von Anrufen ins Olmersche Büro. Wenigstens für die nächsten anderthalb Stunden. Er selbst machte sich auf den Weg ins Klinikum. Anne musste endlich befragt werden.

Aufrecht saß Anne Mettenheimer im Bett und stritt sich mit dem Stationsarzt, der ihr gerade klarzumachen versuchte, dass sie noch einen Tag zur Beobachtung im Krankenhaus bleiben solle. „Blödsinn!“, fuhr sie ihn an, „Ich bin total fit, nach all dem, was ihr in mich rein gepumpt habt, ich geh jetzt zur Arbeit!“

„Na, aber das schon mal gar nicht!“, protestierte der Arzt, dem man ansah, wie sehr ihn uneinsichtige Patienten nervten. „Nach Hause zur Not, aber zur Arbeit auf keinen Fall! Frau Mettenheimer, Sie hatten quasi über 18 Stunden lang Narkose, und selbst wenn Sie sich für fit halten, Sie sind es nicht. Sie bleiben hier liegen, basta!“

Anne drosch auf ihre Bettdecke ein und der Arzt verließ fluchtartig den Raum, bevor sie neue Argumente parat hatte. Da bekam Rolf Iben natürlich die geballte Wucht des Unmutes ab: „Boah, die wollen mich hier einsperren, so ein Bullshit!“, fluchte Anne.

„Aber du hast doch gehört, deine Betäubung hat so lange gedauert, da braucht es wahrscheinlich auch einige Zeit, bis du alles komplett aus dir raus hast.“

„Quatsch’ nicht“, fauchte Anne. „Ich will nach Hause!“ Sie schwang die Beine aus dem Bett, lief zum Schrank und hatte ihre Jeans bereits in der Hand, als sie wie in Zeitlupe zusammensank. Rolf Iben schaffte es gerade noch, sie aufzufangen, bevor sie komplett auf dem Boden zu liegen kam. Als er Anne wieder ins Bett befördert hatte, meinte er: „So, das hätten wir getestet. Bleibst du nun freiwillig liegen?“

Aber er wusste ja, dass seine Kollegin widerspenstig war, und wunderte sich daher kaum, als sie behauptete: „Ha, das war bloß ein Stolpern, weil ich so lange nicht rumgelaufen bin. Ich bin völlig in Ordnung!"

„Ja, genau, das habe ich gesehen! Ich glaube, ich bestelle den Doktor nochmal her, damit er dir die Narkose verlängert, sonst klappt das ja doch nicht mit dem Ausruhen."

„Rolf, wollen wir den Bamberger nun kriegen oder nicht!"

„Natürlich wollen wir. Aber du machst erstmal ein, zwei Tage Pause."

„Wo steckt Norbert überhaupt?"

„Oh, warte mal!" Rolf Iben zückte sein Handy und ließ das zuvor gedrehte kurze Video mit dem schnarchenden Chef laufen. Anne lachte lauthals.

„Tja, du siehst, der schläft endlich mal ein bisschen." Iben berichtete über die Nachtschicht des Chefs und die neuen Erkenntnisse.

„Ach", staunte Anne, „dann wollte der am Ende gar keine Frau abkriegen, sondern sich nur an einer rächen?"

„Könnte sein. Aber warum die anderen dann verschwunden sind, das verstehe ich nicht."

„Na ja, ich kam dran, weil ich ihm auf die Schliche gekommen war. Vielleicht war das ja mit Elfi Hecker und Lea Katz auch so?"

„Aber wie sollten sie? Sie standen in keinerlei Beziehung oder Verbindung zu Birgit Dexheimer."

„Vielleicht hat er auch einfach die Panik gekriegt", mutmaßte Anne. „Weißt du, der wirkt wie ein richtiger Spießer, der Carsten. Kann sein, der wünscht sich nichts mehr als eine nette Frau und ein paar wohlgeratene Kinder, und wegen Birgit Dexheimer ist das alles im Eimer. Also bringt er sie um. Dann versucht er es mit einer neuen Frau, gerät aber in Panik, als sie mehr will, und weiß sich nicht anders zu helfen, als sie auch zu ermorden. Eine gute Methode hat er ja offensichtlich, ziemlich spurlos, also nutzt er die noch zweimal. Erst bei der dritten Wiederholung ist er zum Glück durch euch gestört worden. So stelle ich mir das in etwa vor."

Rolf Iben nickte. „Nicht schlecht, so könnte das gewesen sein. Dennoch würde ich das gern von ihm selbst hören, und zwar möglichst bald." Ibens Handy vibrierte und er nahm den Anruf an. Anne hörte ihn mehrfach „Ach, Mist!" sagen und fragte nach dem Telefonat: „Worum ging's?"

„Das war Matthes. Er hat eben die Nachricht bekommen, dass auf Carsten Bamberger gestern ein neuer Wagen zugelassen worden ist. Er fährt jetzt nicht mehr den silbernen Mercedes, sondern einen anthrazitfarbenen Audi. Das heißt, wir haben auch das falsche Auto in der Fahndung gehabt. Blöd, was! Matthes hat schon die Änderung rausgegeben. Das wirft uns um ein paar Stunden zurück, denn sein altes Auto hat eine Streife vor einer halben Stunde auf dem Hof des Autohauses entdeckt, das ihm den neuen Wagen zugelassen hat. Mit dem Audi kann er mittlerweile sonstwo sein."

„Genau, und wenn er die Frauen so getötet, zerkleinert und entsorgt hat, wie ich das vermute, und wenn er die Säcke mit den Leichenteilen immer dorthin gebracht hat, wo die Müllabfuhr gerade anstand, dann werden wir nichts finden. Bambergers einzige Straftat wird meine Entführung sein."

„Und wenn wir doch noch Leichenteile finden? Weil er sie eben nicht zur Müllabfuhr gebracht, sondern die Krümel irgendwo verstreut hat?", warf Iben ein.

„Hm, meinst du, Spürhunde können das dann noch riechen?", fragte Anne.

„Ich weiß nicht, aber es ist auch egal, solange wir nicht wissen, wo wir suchen müssen. Schade, aber es wird wohl so enden, dass Bamberger, wenn wir ihn dann haben, lediglich der Entführung einer Beamtin angeklagt werden kann."

Warum flüchte ich eigentlich? Was verspreche ich mir davon? Ich habe Fehler gemacht. Will ich so weiterleben? Mit der Schuld? Mit der Angst, entdeckt zu werden? Ich bin jetzt so weit weg, dass mich nicht mehr jeder Dorfpolizist enttarnen kann, aber die Schuld werde ich nicht los. Niemals. Was habe ich noch vom Leben? Soll ich so bis auf's Ende warten? Wenn sie mich kriegen, verliere ich die Approbation und sitze lebenslänglich hinter Gittern. Mein Ansehen ist wahrscheinlich jetzt schon dahin. Lohnt sich diese Flucht noch? Ich fahre gzwar schon den ganzen Tag vor meinen Problemen weg, aber gleichzeitig habe ich mich festgefahren und weiß keinen Ausweg

Abends hatte Anne dann doch durchgesetzt, nach Hause zu dürfen. Der Stationsarzt hatte kapituliert, ihr aber das Versprechen abgenommen, noch mindestens vierundzwanzig Stunden lang strikt das Bett zu hüten. Er hatte sich sogar zu einem „Muss ja nicht allein sein!" hinreißen lassen, als er die Entlassungspapiere unterschrieb.

Die Eltern Mettenheimer holten ihre Tochter ab, denn Henning, von dem sich Anne ja gern hätte mitnehmen lassen, musste noch einige Stunden Dienst ableisten.

„Jetzt mache ich dir erstmal die Suppe warm!", sagte Mama Mettenheimer, als sie Annes Haus betraten.

„Mama, ich hab keinen Hunger."

„Ach was, Suppe hilft immer, und ich hab sie heute früh extra für dich gekocht. Keine Widerrede!"

„Also, ich würde einen Teller voll mitessen, ich hätte nämlich Hunger", meldete sich ihr Mann, der mit einem barschen „Das ist für das kranke Kind, du Vielfraß!" abgekanzelt wurde und sich daher schnell nach hinten in den Garten trollte.

Anne kam nicht darum herum, von der heißen Suppe zu essen. Zwei Teller, immer noch keine Widerrede! Und das bei hochsommerlichen Temperaturen!

„So, und jetzt müssen wir aber!"

„Ihr fahrt nach Hause? Ja, dann danke für's Abholen, Mama!"

„Nach Hause? Also, ich glaube, du hast doch noch etwas von der Betäubung in dir, Kind!"

„Wieso denn?"

„Na, der Papa und ich fahren jetzt doch nach Frankfurt, die Kinder holen!"

„Emma und Lukas kommen zurück? Heute?"

„Kind, manchmal frage ich mich, wie du bloß im Alltag klarkommst!"

Mama Mettenheimer schüttelte ihrer Tochter die Bettdecke auf, als hätte sie die Hoffnung, „das Kind“ bei ihrer Rückkehr vom Flughafen wirklich im Bett liegen zu sehen. Anne lehnte mit angezogenen Knien am Kopfteil ihres Bettes und sagte: „Es hat wohl keinen Zweck, wenn ich frage, ob ich mitkommen kann, was?“

„Keinen!“ Mama Mettenheimer schüttelte energisch den Kopf. „Leg dich hin! Bis nachher!“ Dann stieg sie mit festem Schritt die Treppe hinab und brüllte „Heeermaaann!“ über den Hof. Ihr Hermann tauchte kurz danach auf und machte sich mit seiner Gattin auf den Weg.

Anne schlich sich in ihr Wohnzimmer. Sie kam sich beinahe beobachtet vor angesichts des Nachdrucks, mit dem ihre Mutter die Befehle für die Zeit ihrer Abwesenheit erteilt hatte. Gelangweilt drückte sie auf den Tasten der Fernbedienung herum und stellte fest, dass auch heute nichts im Fernsehen lief, was sie interessierte. Dabei hatte sie sogar auf Tele7 kurz in „Stars on Stage“ geguckt, aber Lulu war ja längst nicht mehr mit dabei in der soundsovielten Staffel. Noch schneller als sonst war sie eingenickt und schrak erst hoch, als Henning mit seiner Kiste voller Einkäufe den Türrahmen zur Küche rammte. „Shit!“, fluchte er. „Ich wollte dich nicht wecken, tut mir leid. Aber was machst du überhaupt hier unten?“

„Glotzen.“

„Das seh ich!“ Henning lachte. „Ab mit dir nach oben!“

„Och nee!“

„Okay, dann gibt’s noch ein, zwei Teller gesunde Suppe. Du hast die Wahl!“

„Habt ihr euch denn alle gegen mich verschworen?“

„Natürlich! Es ist nämlich alles nur zu deinem Besten!“ Henning zog Anne vom Sofa hoch und küsste sie auf den

Mund. „Also los, eine Etage höher!“ Er ließ nicht locker, bis Anne in ihrem Bett lag und die Decke bis an den Hals gezogen hatte. Dann setzte er sich auf die Bettkante und fragte: „Und wie ist das werte Befinden?“

„Alles in Ordnung. Ihr macht viel zuviel Trara!“

„Ja, klar, ich weiß. Ich hab mit Rolf gesprochen.“

„Mit Rolf. Man duzt sich?“

„Jetzt schon. Ich hab ihn in der Klinik getroffen und wir haben einen Kaffee miteinander getrunken. Weißt du eigentlich, dass euer Chef heute auch in die Klinik musste?“

Anne war hellwach: „Nein, was ist denn passiert?“

„Er ist erst gar nicht wieder richtig wach geworden und dann hat er plötzlich akute Herzprobleme bekommen, ihm war schlecht, der Kreislauf spielte verrückt. Da hat Rolf ihn ins Krankenhaus gefahren, wo er nun an einem Langzeit-EKG hängt und sich ausruhen darf.“

„Ach je! Ich ruf ihn gleich mal ...“

„Nee! Der braucht jetzt Ruhe und nicht dich!“, verfügte Henning. „Frag mich lieber mal, wie es mir geht!“

„Wie geht es dir denn?“

„Miserabel. Mein Haus ist nicht zu retten, sagt der Gutachter. Es muss komplett abgerissen werden.“

„Bleibst du eben hier, wo ist das Problem?“

„Meinst du?“

„Klar. Kannst ja irgendwo hinten in der Scheune deine Isomatte hinlegen.“

„Was? Na warte ...“, rief Henning und griff sich ein Kopfkissen. Er kam jedoch nicht dazu, es wie geplant auf Anne zu pfeffern, weil eine Stimme von der Tür her fragte: „Was macht'n ihr da?“

„Emma! Ihr seid zurück!“

Anne sprang nun doch aus dem Bett und umarmte erst

Emma, dann Lukas, dann beide auf einmal. „Na, Mama, wie waren die Ferien ohne uns?"

„Oh, eigentlich stinklangweilig!"

Die Kinder machten sich frei und ließen sich auf den Teppich fallen. „Mann, bin ich fertig!", sagte Lukas. „Weißt du, Mama, den ganzen Tag mit ner Schwester nebendran, das ist voll Stress!"

„Mensch, Mama, so geht das schon den ganzen Urlaub, der nervt total!", stöhnte Emma.

„Wie gut, dass ihr euch hier endlich wieder aus dem Weg gehen könnt! Schön, dass ihr hier seid!" Anne freute sich trotz der ewigen Streitereien, die Kinder wieder bei sich zu haben.

„Was gibt's denn zu essen?", fragte Emma.

„Jetzt noch?"

„Suppe!", tönte es aus dem Untergeschoss. Mama Mettenheimer hatte natürlich zuallererst an die Mägen ihrer Lieben gedacht und schon die Herdplatte unter dem großen Topf angeschaltet. Kurz darauf saßen drei Generationen Mettenheimers am Küchentisch und löffelten Suppe.

„Und, hast du dich sehr gelangweilt ohne uns?", fragte Lukas beim Essen. Hermann Mettenheimer prustete vor Lachen den Schluck Rotwein hinaus, den er gerade im Mund gehabt hatte.

„Wieso? War die Frage jetzt falsch?", wollte Lukas wissen.

„Nein, nein. Ich glaube nur, eure Mutter hatte so ziemlich alles in den letzten zwei Wochen, bloß keine Langeweile", antwortete sein Großvater, während seine Frau eilig mit der Serviette die Rotweinflecken von seinem Hemd zu tupfen versuchte.

„Aha. Was war denn los?"

„Ooch, nichts Besonderes", versuchte Anne die Schilderung ihrer aufregenden Erlebnisse zu umgehen. Die Kinder mussten ja nicht unbedingt alles erfahren.

„Und er“, sagte Emma mit einem seitlichen Kopfnicken in Richtung Henning, „bleibt der jetzt hier?“

„Erstmal ja“, sagte Anne. „Hennings Haus muss abgerissen werden, er ist sozusagen obdachlos. Da habe ich ihm angeboten, dass er hier wohnen kann.“

„Mama, verarsch uns nicht! Seine Sachen liegen in deinem Schlafzimmer rum, sag doch gleich, dass du dem nicht bloß das Gästezimmer gegeben hast, sondern dass er dein Neuer ist!“ Emmas Worte waren wie meist von beeindruckender Prägnanz.

„Na ja, abwarten, also erstmal … o je, wie sag ich das jetzt ...“ Anne geriet tatsächlich ins Stammeln.

„Och, ist okay, Mama, der sieht ja echt gut aus, der kann ruhig bleiben.“

Das schallende Gelächter von vier Erwachsenen daraufhin konnte Emma aber doch nicht so recht einordnen.

Lukas interessierte sich für Hennings Beruf, und als er erfuhr, dass sie nun einen echten Notarzt zu Hause hatten, brachte er zu seiner Verwunderung die Großen noch einmal zum Lachen, als er befand: „Das ist ja oberpraktisch! Da brauchen wir für die Klammerpflaster ja gar nicht mehr bis ins Krankenhaus zu fahren. Cool!“

Später, als die Eltern nach Westhofen zurückgekehrt und die Kinder endlich im Bett waren, fragte Henning beim gemeinsamen Zähneputzen: „Meinst du, das geht gut, wenn ich hierbleibe? So ganz ohne Übung?“

„Warum nicht?“

„War ja alles ein bisschen spontan, oder?“

„Na und? Manche Leute planen jahrelang ihr Zusammenziehen und das geht grandios schief, man muss es einfach ausprobieren, fertig! Los, komm mit, ich bin schließlich bettlägerig!“

„O Gott, wie konnte ich das nur vergessen!“

Dr. Carsten Bamberger blieb verschwunden. Er war mittlerweile seit Wochen international zur Fahndung ausgeschrieben, aber noch nirgendwo aufgefallen.

Norbert Olmer hatte sich nach seiner Herzattacke im Klinikum endlich richtig ausgeschlafen und nahm die Ankündigung seines Kardiologen, dass er wohl so langsam eine neue Batterie für seinen Herzschrittmacher bräuchte, gelassen hin. Sauer reagierte er aber immer, wenn es in den folgenden Wochen um die verschwundenen Frauen ging, denn er kam einfach nicht weiter in der Angelegenheit. Dann aber band ein neuer Fall seine ganze Aufmerksamkeit, jedoch kein dienstlicher: „Stell dir vor“, jammerte er Anne im Büro vor, „Gertrud will zum dreißigsten Hochzeitstag eine Kreuzfahrt machen!“

„Es gibt vielleicht Schlimmeres“, versuchte Anne zu trösten, die sich selbst jedoch auch kaum etwas Furchtbareres vorstellen konnte, „als dass Gertrud vom Traumschiff träumt.“

„Aber ich soll mit!“

„Da wirst du durch müssen, mein Guter!“, sagte Anne und freute sich, in weniger konventionellen Umständen zu leben.

Anne war nur kurz zu Rolf Iben und seinem frisch und gestärkt aus der Kur gekommenen Büropartner Dieter Wiesen gegangen und hatte einige Papiere gesucht, als Norbert Olmer bei ihrer Rückkehr wild gestikulierte, was sie jedoch nicht verstand. Sie sollte wohl irgendetwas tun, aber was?

„Oui, oui“, brüllte Olmer in seinen Telefonhörer. „Ja, ich

verstehe, oui, Monsieur! Ja, danke, merci, und Sie schicken mir das per Post, ja? Oui, per poste! Also, per Mail, ja? Merci, Monsieur!“

Er legte auf. „Mein Gott, ich bin schweißgebadet!“, stieß er hervor. „Da hätte ich dich mal dringend gebraucht, und ausgerechnet dann bist du weg!“

„Was war denn los?“

„Ein südfranzösischer Kollege hat angerufen. Irgendwas wegen eines deutschen Autos mit Wormser Kennzeichen. Ich hab den ja kaum verstanden, er konnte auch nur ein paar Brocken Deutsch. Jedenfalls will der mir einen Bericht schicken. Ich glaube, sie haben den Bamberger gefunden.“

„Das sind ja prima Neuigkeiten!“, freute sich Anne.

Mein Testament habe ich längst gemacht. Es ist mir völlig egal, wer einmal erben wird, was ich möglicherweise hinterlasse. Ich habe aber festgelegt, was mit meinem Körper geschehen soll. Promession auf keinen Fall! Ich will so nicht enden! Noch ist das Verfahren in Deutschland zwar nicht erlaubt, aber wer weiß, wann genau mein Testament vollstreckt werden wird? Falls sich bis dahin etwas geändert hat, bin ich abgesichert. Ich will nicht bei fast minus 200 Grad zum Eisblock werden. Obwohl, das ginge ja beinahe noch. An die so genannte „Vibrationsbehandlung" glaube ich aber nicht: Angeblich wird man so lange gerüttelt, bis der ganze Körper in ein feines Granulat zerfallen ist. In Wirklichkeit wird die Leiche schlicht zermahlen. Zerrieben. Gehäckselt. Geschreddert. Und danach in einen Öko-Behälter gefüllt, vergraben und zur Kompostierung freigegeben. Nicht mit mir!
Ich nehme einfach die Hände vom Steuer. Ich habe es nicht mehr im Griff, genau wie mein Leben. Das hatte ich ganz geradeaus geplant, aber es kamen Kurven dazwischen, Kurven wie diese hier ...

Zwei Stunden später war die Mail aus Frankreich da und die Freude legte sich wieder. In dem nun von einer offiziellen Übersetzerin perfekt ins Deutsche übertragenen Bericht eines Kommissars von der Cote d'Azur lasen Anne Mettenheimer und Norbert Olmer, dass man Bamberger nicht ausgeliefert bekommen würde: Man habe seinen Wagen im Gebüsch verborgen gefunden. Monsieur le docteur habe noch darin gesessen, sehr aufrecht, aber auch sehr tot. Der Wagen müsse von der Straße abgekommen und in den Abgrund gestürzt sein. Dort verbarg das dichte Gebüsch das Auto, sodass erst ein paar verirrte Wanderer durch Zufall darauf gestoßen seien. Die dortige Rechtsmedizin habe herausgefunden, dass Monsieur den Absturz überlebt habe und in seinem Auto, wo er bewegungsunfähig eingeschlossen war, wohl verblutet sein müsse. Man hatte ein Handy bei ihm gefunden, dessen Nummer jedoch nicht der entsprochen hatte, die im Fahndungsersuchen gestanden hatte. Er hätte das Gerät theoretisch aus der Gürteltasche ziehen können, doch er hatte es nicht benutzt, obwohl es noch intakt und auch ein Funknetz vorhanden war. Man ging daher davon aus, dass Monsieur bewusstlos gewesen sei, denn wer verzichte schon auf einen Notruf, wenn er dadurch gerettet werden könnte!

Epilog

Jeden Nachmittag drehte sie mit Rollo die Krankenhausrunde. Rollo war ein agiler Terrier, der mit seinen zweieinhalb Jahren jede Menge Auslauf gebrauchen konnte. Also marschierten die beiden gern von Leiselheim aus bis auf die Herrnsheimer Höhe, umrundeten das Klinikum und suchten sich irgendeinen der zahlreichen Feldwege, um wieder in den Wormser Stadtteil hinabzugelangen. Wie immer stromerte Rollo munter umher. Auf einmal begann er sich für eine Stelle unter einem Busch am Rande des Spazierweges rund um den großen, grauen Klinik-Komplex zu interessieren. „Rollo, aus!“, rief sie, aber Rollo schnüffelte weiter und scharrte aufgeregt. Dann setzte er sich hin und erwartete mit schräg gelegtem Kopf und seinem typischen Hundeblick ein Lob.

Sie bückte sich und hob auf, was er freigegraben hatte. „Nanu“, wunderte sie sich. „Eine Goldkrone? Sowas verliert man doch nicht! Zumindest nicht in einem Klinik-Park! Wie kommt die denn hierher?“

Aber worauf Rollo da gestoßen war, konnte auch nur sie so schnell erkennen, denn sie arbeitete als Zahnarzthelferin in der Innenstadt.

Antje Fries

geboren im schleswig-holsteinischen Flensburg, eingeschult im bayrischen Groß-Welzheim, mit Abitur ausgeschult im hessischen Gernsheim. Studium der Germanistik und Anglistik, später Lehramt an Grund- und Hauptschulen, beides in Baden-Württemberg. Derzeit an einem außerschulischen Lernort in Rheinland-Pfalz tätig. Schreibt Kriminalromane, Kinderbücher und Lehrerbücher und liefert Beiträge zu Lyrik-, Mundart-, und Krimi-Anthologien. Gehört den „Mörderischen Schwestern" und dem „Mörderischen Rheinhessen" an. www.antjefries.de

ANTJE FRIES: DIE METTENHEIMER-KRIMIS

1. Stille Wasser mahlen langsam. Kommissarin Mettenheimer ermittelt in Rheinhessen
ISBN 978-3-937782-28-7, 208 S., Broschur, 9,90 € **2. Auflage!**

2. Kaltgestellt oder: Die Rechte des Fälschers
Ein Kunstfälscher, fies und erfolgreich, wird brutal ermordet. Eine Spur führt sogar in ein Frankfurter Museum. – ISBN 978-3-937782-43-0, 252 S., Broschur, 10,90 €

3. Knielings Garten. Oder: Gegen jeden ist ein Kraut gewachsen
Es geht um Pflanzengifte, den unehelichen Sohn eines katholischen Pfarrers und natürlich geht es um Geld ...
ISBN 978-3-937782-69-0, 239 S., Broschur, 10,90 €

4. Kleine Schwestern
Ein Mädchen wird vermisst, eines tot aufgefunden – mordet hier ein Serientäter? – ISBN 978-3-937782-81-2, 188 S., Broschur, 9,90 €

5. Nibelungen-Tod
Bei den Nibelungen-Festspielen bricht auf offener Bühne ein prominenter Schauspieler tot zusammen ... – ISBN 978-3-937782-97-3, 256 S., Broschur, 10,90 €

Antje Fries: Kräftig im Abgang. 13 Kurzkrimis
Frauen am Rande des Wahnsinns sind ihr Thema. Egal ob es sich um eine vom nichtsnutzigen Ehemann und dito Lehrling genervte Bäckersfrau handelt oder um die ausgebeutete jüngere Schwester zweier Winzer. Stories voller Tempo und Witz.
ISBN 978-3-942291-76-7, 176 S., Broschur, 9,90 €

Antje Fries/Angelika Schulz-Parthu (Hg.):
Weck, Worscht – Mord! 16 Kurzkrimis, mörderisch gut aufgetischt
15 Autorinnen und Autoren tischen rheinhessische Gerichte mörderisch gut auf und bringen ihre Opfer mit größter Raffinesse unter die Erde. Mit Rezepten! – ISBN 978-3-942291-33-0, 200 S., Broschur, 9,90 € 3. Auflage!

1000 Hügel – 1000 Schatten
17 historische Kurzkrimis aus Rheinhessen, hg. von Antje Fries
„Insgesamt ein Band, der es gestattet, sich den Rheinhessen-Jubiläumsfeierlichkeiten auf sehr entspannende Art zu nähern. Der Reiz für den Leser liegt darin, dass sich hier Kriminelles mit Historischem vermischt, die dunklen Seiten, die seit jeher und überall zum Menschsein gehören, nicht ohne Augenzwinkern an Kontur gewinnen und die Inhalte sehr unterschiedlich ausfallen." (AZ)
ISBN 978-3-945782-14-9, 268 S., Broschur, 11,00 €

Vera Bleibtreu: Logbuch des Todes. Ein Krimi
ISBN 978-3-945782-20-0, 176 S., Broschur, 9,90 €
ebook: ISBN 978-3-945782-22-4, 8,99 €

Peter Jackob:
Das Leben ist kein Tanzlokal. Ein Krimi
Der zweite Roman um den eigenwilligen Kommissar Schack Bekker, wieder mit viel Mainz-Atmosphäre!
ISBN 978-3-942291-29-3, 224 S., Broschur, 9,90 €

Claudia Platz: Betreff: Mord!
Während des Krimifestivals *Mordiale* wird Mainz zur Krimihochburg, aber anders als gedacht ... Unser Krimi zum Thema Urheberrecht! –
ISBN 978-3-942291-42-2, Broschur, 328 S., 11,90 €
ebook: ISBN 978-3-942291-52-1, 9,49 €

Andreas Wagner: Stauhitze. Ein Krimi
Der 8. Kendzierski-Krimi, einer der spannendsten und witzigsten!
ISBN 978-3-945782-16-3, 220 S., Broschur, 9.90 €
E-Book: ISBN 978-3-945782-12-5, 8.99 €